叶辛中篇小说选

典藏版

爱情跨世纪

叶 辛 著

中国出版集团 东方出版中心

爱情跨世纪

在省城工作的青年知识分子去山寨扶贫，爱上了房东已出嫁又被男人抛弃的女儿；好不容易冲破世俗离了婚的山村少妇，到城里做保姆，走进的恰恰是自己企盼的多年前的恋人家。难道爱情本身就是磨难？难道爱情也会像恶魔般伤害人？

——题记

引　子

孙以达是我在省城工作时调进编辑部的。

那时候他大学刚毕业,想找一个专业对口的单位。他父亲是药厂工人,母亲是个供销社营业员,况且家在省城近郊,没什么门路。通过一位业余作者,辗转托到我这个主编。那一年,省城里恰好有一篇涉及婚外情、第三者的小说在争鸣。我就说,让小伙子写一篇对小说的评论文章,我读过再说。

嘿,他的文章还真写得不错,编辑部理论组又正缺人手,他就调进来了。

人事干部约他来见面的时候,我一看这小伙子长相很英俊,蛮入眼的。以后的事实证明,他是个称职的编辑,编过不少引人瞩目的好文章哩。说实在,对于我来说,这不过是离开省城回上海以前调进的最后一个业务干部而已,早就忘了。没想到,事隔多年,孙以达还记着这件事。这次出差来上海,热情地打来电话,一定要约我吃饭。

我说饭就不吃了,你难得来上海,时间紧,

不要错过了好好看看上海的机会,我请你夜游浦江吧,那是很值得一看的景观。克林顿、布什、施瓦辛格来上海,都看了灯光璀璨的黄浦江呢。

他一听很高兴,说他就是想同我聚一聚,有好多话要对我说,吃不吃饭无所谓。

上了豪华游轮,要了两杯茶,坐在靠窗的位置旁,一边观赏浦东浦西流光溢彩的风景,一边聊天。

我细细端详着眼前的孙以达,发现他眉宇之间积郁着一股怅然之色,好像有什么心事。岁月不饶人啊,当年大学刚毕业的小伙子,如今也已三十出头,一副中年人模样了。

我指点着浦江两岸古老的和崭新的楼群,向他如数家珍地介绍着一幢幢楼房的故事。

可我很快发现,孙以达对此并没多大的兴趣。他呷了一口茶,告诉我,他正遭逢人生中的一道难题,一道翻不过去的坎,一个解不开的死结，真是烦恼至极。出差之前，他就想好了，到了上海，要把一切都跟我说说，让我给他出出主意。

我感觉有些意外，但仍表示十分愿意听听他的近况。他又喝了一口茶，就给我讲了起来。他说一切事情都起源于我离开省城的第二年，因为他是刚到市文联机关不久的大学生，照规矩，就被派下乡去参加了扶贫。从头年春末夏初的五月间，到来年的五月份，一个对年。

他的故事，发生在扶贫的下半年，也就是来年的早春。

上　篇　　泗溪

面包车翻过山垭口，前面的道就看得清晰起来，一路都是下坡，直接可以开到小石桥边，走不了几步，就进泗溪寨子了。

路仍是不平，坑坑洼洼的。轻巧的小面包车颠摇得愈加厉害了，孙以达不得不随着车子的摇晃,抓着座位前的把手,保持身体的平衡。

乍然而至的春雨又下大了,车窗玻璃上模糊的一片。雨刮器刚刮出一个弧形,顷刻间又被密集的雨点子淋模糊了。

孙以达抬起头来,透过车窗望出去,泗溪寨子笼罩在浓浓的雨雾中,田坝、坡土上,一个人影子也不见。唉,还要在这么个偏僻的寨子里,过上好几个月孤独的日子!

他不由无声地叹了口气,收回呆痴的目光,面包车正在泥泞道上拐一个小弯,车子前面二三十步远,一个女子双手张开一条手绢,遮挡着头顶上的雨,大半边身子,都已给淋湿了。

从去年初夏到泗溪扶贫,一直住到腊月间回省城,孙以达和泗溪寨子上的大多数农民都熟了,喊得出他们的名字,也晓得他们都是哪家的。可车子前头的这个女子,仅凭背影,他却认不出她是哪个?

不过错不了,她准定是泗溪寨子上的。走

这条路，必定是到泗溪寨子上去的。

他抬了一下手，对司机说："停一下，让她搭个车吧。"

司机点点头，把车子开得更快一点，鸣了一声喇叭，直冲上去。赶路的女子停下了脚步，转过半边身子让车。

车子在她面前停下了，孙以达拉开了车门，这个女子他不认识，但他还是招呼着："是去泗溪的吗？"

女子使劲点头。

"那就上车罢，雨下大了。"孙以达十分热情地说。

女子只是稍一迟疑，说了一声："多承。"抬脚就踏上车来。她的脚底板上糊满了稀泥巴，一只脚刚踏上车厢，就顺势滑了一下，身子朝一边倒来。孙以达眼疾手快，一把扶住了她，示意她在前排座位上坐下，这才重重地带上了车门。

女子上车以后，不断地用已经淋湿了的手

绢抹着脸上、头发上的雨水。低下头去的当儿，她一眼看到自己脚上的稀泥巴踩脏了车厢，脸上顿显出不安的神色。

面包车开到小石桥边，再不能往前开了。孙以达问司机要不要去寨子上坐一坐，喝一口水，司机摆一摆手，说不用了，还要赶回省城去呢。孙以达也不勉强，他一边向扶贫办的司机道谢，一边从随身带的提包里取出折叠伞，拉开了车门。

搭车的女子转了一下脸，说声谢谢你们，身子一闪，利索地下了车，踮着脚飞快地冒雨跑进寨子里去。

孙以达刚要张伞下车，司机不由得问："这姑娘，你认识么？"

"不认识。"孙以达困惑地一摆手，"也许是来泗溪走亲戚的吧。"

司机的双眼望着已跑到寨路上的女子背影说："你别看，这姑娘还真漂亮呢，脸子直晃人。"

孙以达有同感，但他确实不晓得她是哪家姑娘，于是笑一笑，再次谢了司机，下车张开了折叠伞。

孙以达借住在窑师冯元龙家的厢房里。

他撑着伞走进冯家院坝的时候，竟然没在青岗石级寨路上遇见一个乡亲。

在山路上颠簸了大半天，他确实有点儿累了。掀开去年冬天回省城时折叠起的铺盖，铺好床，孙以达舒展四肢，在床上躺下。他想好好休息一下，再过去和房东冯伯妈打一声招呼，反正窑师冯元龙一天到黑都在砖瓦窑上，吃饭都要家里送，是见不着的。

厢房里出奇的静，清晰地听得见屋外淅淅沥沥的雨声。在喧嚣的省城里是绝对找不到这么安宁的环境的，身心甚觉疲惫的孙以达合上眼，没多久就在床上睡着了。

一觉睡醒，已是泗溪乡间雨日里的黄昏，厢

房间里的光线淡弱下来。想到还没和冯伯妈打过招呼,到了吃晚饭时间,坐到饭桌上去,实在不好意思。孙以达朝堂屋里走去。一般的雨天,冯伯妈经常会在堂屋里忙碌,推包谷啊,斩猪草啊,磨豆腐啊,手脚永远没个停。可是今天,堂屋里一点儿动静也没有,会不会在灶屋里煮晚饭呢?

孙以达穿过堂屋,向灶屋里走去。

在灶屋晦暗的光线里忙碌的,不是冯伯妈。孙以达不觉一怔,身上扎个围裙,正往铁锅里倒油的,却是进寨子时搭车的那个姑娘。姑娘抬头看清是他,笑一笑招呼着:"睡醒了?"

孙以达点头,问:"伯妈呢?"

"我妈病了。爹捎口信让我回来,照顾一下屋头。"

孙以达记得,窑师的儿女都在县中读书,儿子读高中,女儿读初中,她一定是冯伯妈那个出了嫁的大女儿无疑。他不由问:"你是冯小檬?"

"是啊,你咋个晓得?"

"听伯妈说的。"

"你看我妈这人,啥子都跟人说。"冯小檬一边说话,一边把菜倒进铁锅里,随着一阵油锅响声,她手中的锅铲,利落地炒着菜。"你去歇一会儿吧,吃晚饭时,我来喊你。"

孙以达没动:"要我做点儿啥子?"这也是他常跟冯伯妈要求的。

"不用不用。"冯小檬连连摆手,"你尽管歇着去,屋头没多少事情。"

说话间,孙以达想起了司机临别时的话,冯小檬不但相貌俏丽,而且身材也十分匀称,一点儿不像乡间干惯了农活的少妇,有股粗相。他入神地瞅了冯小檬两眼,转身说:"那我去看一下伯妈。"

"我妈还没起床呢,"冯小檬说,"吃晚饭时,等我服侍她起床,再打招呼吧。"

"那也好。"孙以达回到自己厢房间,不由苦笑了一下,无所事事,他还只有等饭吃。

幸好这一次,他是有备而来。一整个春节期间,他都在省城里活动,通过杂志社的一个作者介绍,找到了敷设自来水管的出资单位和施工部门,过几天,他们就会派人来实地查看,绘制架管子图,下个月,就能为泗溪拖来水管,在泗溪施工,彻底解决泗溪寨子千百年来的吃自然水的问题。要不,扶贫整一年到期,孙以达真不晓得用什么来向泗溪老百姓交代。

吃晚饭时,天已黑尽了。冯小檬先去砖瓦窑上给爹送了饭,回来再服侍母亲起床,这才来喊孙以达吃晚饭。

饭桌上,冯伯妈也说不清自己害的是啥子病,只是说,入冬以后,腰酸腿也疼,时而感觉脑壳昏,坐也不是,站也不是,浑身上下没点儿力气。前几天,乡里来说,省城里来扶贫的小孙孙以达又要来了,乡里面决定还是让小孙住冯家,整天在砖瓦窑上忙的冯元龙急了,只好把出了嫁的小檬喊回来帮忙。

孙以达连忙说客气话,向他们表示感谢和道歉,还把从省城里带下来的糖果、点心和一段布料,送给冯伯妈。只是,他不晓得冯小檬会专程回娘家,没给她带礼物,感到抱歉。

冯小檬被他这一说,连连摆手说,我不要、我真不要。一脸贤淑的模样。

看得出,冯伯妈当真病得不轻,她兴致不高,话也懒得说,只吃了几口饭,喝了一点儿汤,就再也吃不下了。

趁冯小檬扶着伯妈回屋头去的时候,孙以达津津有味地吃了一顿晚餐。不知是赶路饿了,还是饭吃晚了,孙以达吃得很香。

冯小檬回到饭桌旁,端详着桌上的饭菜,问:"我炒的菜,你吃得惯吗?"

"吃得惯、吃得惯。"孙以达连连点头说,"很好吃,特别是这个糟辣椒炒肉,香极了。你看我,饭都比在省城里多吃了半碗。"

这是真话,孙以达甚至于还觉得,冯小檬炒的菜,比冯伯妈做的饭菜,要可口多了。原先,住在她家时,一到吃饭,孙以达总是没胃口,就是因为冯伯妈炒的菜,不合他的口味,不是太辣,就是太咸。

　　"你这么说,我就放心了,我就怕你们城市人,吃不惯泗溪乡下的菜。"冯小檬说。

　　"哪里哪里,你今天炒的菜,好吃得很哪。"孙以达急忙否认。

　　冯小檬吃饭时,孙以达已经吃完了,但他没有抽身离去,还是礼貌地坐在桌边,看着冯小檬吃。冯小檬不胖不瘦,五官端正秀巧,脸上一丝儿皱纹都没有。她和乡间很多嫁得早的少妇一样,还很年轻。

　　冯小檬被他看得有点儿不好意思,车转了脸,光是埋着脑壳不太自然地刨饭、搛菜。

　　吃饭的堂屋里很静,孙以达找不到话和冯小檬说。冯小檬也不像冯伯妈,冯伯妈身体好的时候,絮絮叨叨的,什么话都会对孙以达说,孙以达只要支着耳朵听,不时地点头,嗯嗯地应几声就可以了。而冯小檬说话很少,相反要孙以达找话来说。孙以达有多少话儿,对一个乡间的少妇说呢?

可不说话,两个人坐在一张小饭桌边,很快地就显示出了另外一番意味。

"要不,"冯小檬抬起头来,望着孙以达说,"你先去歇着。"

"哦不,"孙以达连忙摆手,指指桌上的饭菜,"等你吃完,我帮你一起收拾。"原先,他总是帮着冯伯妈一起收拾的。

"不用不用,"冯小檬说,"这点点事,我一会儿就收拾完了。"

孙以达不由得笑了,去年,刚住进冯家时,冯伯妈也是这么对他说的。后来处熟悉了,他要收拾,冯伯妈也就不客气了。

"那么,"孙以达站起身来说,"我就先回屋头了。"

没待他走出堂屋,冯小檬又说话了:"嗳,你等等。"

"啥子事?"孙以达转过身来。

冯小檬说:"你那铺盖,捂了一冬,一定潮了,得换一换。这里收拾完,我就给你去换!"

"谢谢。"孙以达不无感动地说。刚才躺下休息时,他感觉到垫单、被子都潮乎乎的,睡在那里不舒服,只是太疲倦了,也就将就过去了。没想到,这一细节,冯小檬却想到了。

孙以达感觉到人世间的一丝温馨。也不知是咋搞的,冯伯妈坐在桌边时,他和冯小檬说话感觉平平常常的,冯伯妈一离去,两个人之间说话的声气都有些不自然。孙以达晓得,这是他们之间年龄相仿的关系。

又一次下乡来,他心头是忧郁的,车子开进泗溪地界,雨就落了下来,天也阴了,四周的山野全被雨雾笼罩着,风吹着,车子开半天都不见一个人影,他更觉得孤寂,不晓得以后的日子,怎么样子打发。

这一忧郁的情绪全因为他的失恋。他那个市文联机关里众人皆知的对象,丁婉怡的态度十分的明确,他们之间的关系算是完了。本来她说好,寒假是一定回省城来的,可等他在腊月间早早地赶回省城准备去接她,她又来电话说决定不回来了,她在北京找到了家教,这正是她进一步熟悉首都的一个机会。而且她还说,在北京生活了半年,她才真正明白了,内地的省城和北京之间的差距有多大。反正,就是读完了研究生,她也不会再回省城来了。她希望他也能考研,考到北京去。话里面的潜台词是十分明白的。

孙以达失恋了,在市文联机关一下子就传遍了。丁婉怡在省城时,可是常常到编辑部来玩的啊。谁不知道他们之间的关系。

孙以达还能说啥子呢? 一整个腊月间,包

括欢天喜地的春节,他都过得十分乏味,无所事事,苦闷、空虚、烦躁的情绪伴随着他。

　　失恋的滋味真不是好受的。一早到省扶贫办上车,气氛也不像去年下来时那么热烈,敲锣打鼓的,又扯红幅又戴红花。这一回是重返扶贫点,整个市文联机关,就派了编辑部一个不起眼的编务童玢玢来送他,表示一个意思。童玢玢虽说是个普通编务,兼管市文联的机要和打字工作,但谁都知道她父亲是省新闻出版局的出版处长,在省城里是有一点儿办法的。她从出版印刷技术学校毕业以后,轻轻巧巧就分进了市文联机关,干得是得心应手的。今天来送他,纯粹是完成公务,见他上了车,朝他挥一下手,就转身走了。

　　回到泗溪来以前,孙以达真不知道还有几个月的扶贫时间该如何打发。可今天吃过晚饭,他却没有孤寂、难耐的感觉,相反,他有一种莫名的亢奋,冥冥之中似还有一点儿期待。

他晓得,这都是因为今天认识了冯小檬。去年,听冯伯妈唠唠叨叨地说起过冯小檬,说她人缘好,人也长得漂亮,嫁得也好,男人在山塘里养鱼,专供城镇上的饭店,发了大财,盖了两层小楼,日子过得很舒心的。别看两个弟妹现在书读得比她多,唉,将来的日子,不一定比她好呢。原先,孙以达没见过她,光听伯妈讲,也没留下多少印象。今天真正一见,他才把伯妈去年讲过的话回想起来。

扶贫办的司机说得不错,她很美,是那种柔顺、妩媚的美,省城女子中很少见的一种美。

夜里,冯小檬进厢房来给孙以达替换垫单和被子的时候,孙以达在淡弱的灯光下看书,其实他是在等她。她问他,读的啥子书,讲些什么,他瞥了一眼书名:《作家们的作家》,一时说不上来,这是一本什么样的书。只得淡淡地说这是一本理论书。

她熟练地掀去垫单、铺上新单子时,他走上

去帮她掀整齐,两个人一起拆下潮黏的被单,换上干燥的被单时,孙以达的手无意中和她的手碰在一起。冯小檬的手,虽说是一双粗实的肉鼓鼓的手,仍给他带来一种异性的、温暖的感觉。

孙以达留神她的神态,她照样自然地铺着床,一点儿不显拘谨。换好了床单被子,她直起身子,走到门口,转过脸来,睁大眼睛望着孙以达说:"你要洗脸、洗脚,水热好了,在灶屋里。"

"多承你!"孙以达感动地说。尽管去年他住在这里的时候,冯伯妈也经常这样子叮嘱他,但孙以达从来也没有像今天这么感动过。直到冯小檬出门,孙以达这才意识到,刚才那一阵子,他几乎一直目不转睛地盯着冯小檬干活儿时的一举一动。冯小檬已经有所感觉了。

孙以达道谢的时候,冯小檬慌张地把自己的目光移开了,嘴唇动了动轻声说:"不用谢。"

听着冯小檬的脚步声远去,孙以达不由羞

惭地搓了一下自己的脸。他觉得她羞涩地离去时的神态，都是美的。

　　孙以达把落实了自来水管的事情跟村长说了，村长很高兴，当即召开了全体村民大会，向大伙儿宣布了这一令泗溪寨人振奋的消息。连孙以达都没想到，就是这小小的一件事，会令寨邻乡亲们这么兴奋。原先就对他十分客气的老少乡亲，现在对他就更恭敬了。在寨路上相遇，老远地就向他打招呼，小孙小孙地喊得很亲热。

　　扶贫一年，不在乎你下田干几天活路，也不在乎你组织村、乡干部们学习过几次，读过几张报纸，有过啥子体会，拿寨邻乡亲们的话来说，那都是瞎胡扯。关键的关键，是看你这个干部给扶贫的村寨带来一些什么实惠，留下一点儿什么东西。

　　孙以达这一次算是真正抓住了关键，一俊遮百丑，一年的扶贫多少出了一点儿成果。特别是当省城里的出资单位,派来了施工技术员,实地察看引水路线,绘制架水管图纸时,泗溪寨的老老少少,都在讲这件事情,都在夸孙以达为泗溪人做了一件大好事。

这一天,实地勘察完了,技术员要离去,村长坚持要送他到街上去上车。

到了街上,村长拉着技术员进了饭店,硬是请技术员吃了顿饭,往他的包里塞了两条烟。

自始至终,孙以达都在一边作陪,在招待站送走了技术员,他和村长都带了点儿酒意,重一脚轻一脚赶山路回到泗溪寨子,天已黑尽了。

和村长分了手,孙以达摸黑回到了冯家。

阳春之夜,寨子上暖融融的,喝过酒的身子感觉特别地轻松,飘飘然的。办成了事情,心头又高兴,他在小小的厢房里坐不住,就转到堂屋里来,想和冯小檬说说话。

冯小檬没在堂屋里,孙以达熟门熟路地就往灶屋走来。往常这时候,她多半是在灶上煮猪潲。一拐弯,灶屋里有亮光,也有动静,可不知为啥,却极为难得地掩上了门。

孙以达不假思索地凑近门缝,往灶屋里望去,天哪,孙以达的心陡地怦怦跳荡着,冯小檬正躲在灶屋里冲凉洗澡。只见她站在腰鼓形的木盆里,用小木桶舀起一桶一桶水,往自己的肩膀和隆起的胸部小心翼翼地冲着水,昏黄的灯光下,她的皮肤亮晶晶地闪烁着,她的眼睛陶醉一般微合微睁着,尽情地享受着温水冲拂的喜悦。

孙以达顿时屏住了呼吸,他万没想到自己会撞见这一幕,他活到二十多岁,还是第一次看见成熟女人的裸体。是的,和丁婉怡恋爱时,他和她接过吻,他也和她热烈地拥抱过,但也仅此而已,他们没有更进一步的接触。可能正是因为这样吧,丁婉怡和他断得也很干脆。而此时此刻,一个活灵活现的少妇,仅隔着一层板壁,一览无余地展现在他的眼前。

22

她又俯身舀起了满满一小桶水，提到了自己的肩后，缓缓往背脊上倾倒下来，由于想把水尽可能多地倾倒在背脊上，她的胸脯高高地隆了起来，一对饱满的乳房直挺挺地耸动着，一颗晶亮的水珠在乳头上颤动了几下垂落下来。

孙以达的血直往头上涌，就在一桶水完全倒完的那一瞬间，冯小檬一双微闭的眼睛刹那间瞪得老大，执著而又热烈的目光朝着灶屋门瞥了一眼，那眼神是像春水般多情的。

孙以达不由一惊，这一眼仿佛隔着木板壁狠狠瞪着他。他浑身一颤，蹑手蹑脚地小偷般离去。

回到厢房间，孙以达倒在床上，这才发现自己的心剧烈地"哗哗剥剥"狂跳着，真正像做了贼一样地惊慌，他左右环顾，直到确信冯小檬没有察觉他的归来，他才长长地吁了一口气。

他的眼前，不断地晃动着刚才看见的那一

幕情形。他决没有想到，一个乡间少妇的裸体，能是这样的生动美丽、袅娜多姿、激发着他五光十色的想像。

"你回来了，吃过晚饭没得？"听到冯小檬的问话，孙以达受惊地从床上跳了起来，直瞪瞪地盯着她。

她是什么时候走进他厢房来的，他一点儿也没看见。他困惑地望着她，她已经穿好了换洗的衣衫，还洗了脑壳，湿漉漉的头发绞成一大股，盘在头顶上。形成一个他在省城里从没见过的发髻，带着几分俏皮，更有着几分奇特的美。可能正因为刚刚沐浴过吧，她的脸上泛着一层红润的光泽，她的手上还拿了一条毛巾，不时抹拭一下自己红喷喷的脸颊。

见他傻呵呵地瞪着自己，她又把话问了一遍，他急忙说："哦，吃过了，在街上就吃了。"

"那要不要喝点儿茶？"

她这一问，喝过酒的嗓子眼里还真有点儿

渴了,但他还是摆摆手说:"我自己去倒罢。"

"你客气啥唷,"冯小檬转身说,"你坐着,我去端来。"

她一转身走出厢房,只一忽儿工夫,又一转身提着茶壶拿着杯子袅袅娜娜走了进来。

喝着她斟的茶,他觉得十分清口。冯小檬夸他,说他为泗溪寨子做了一件大好事,千百年来,泗溪寨子上的寨邻乡亲,吃水全靠从沟渠里引来的那一股山泉水,长长的沟渠七弯八拐,一路之上,牲畜要吃,虫子、腐叶、败草要落进去,吃水的牛马还时常把粪便屙到水渠里,于是,一整个寨子的人喝水都会喝出一股异样的味道,污染太凶了。很小的时候,她就听大人们说过,要设法整治引水的沟渠,可一直等到她出嫁,泗溪人还在喝着沟渠水。现在好了,真装上了自来水管,泗溪人彻底解决了喝水问题,满寨子的男女老幼多少年以后都还会记得他。

这些情况孙以达都晓得,可听她嘴里说出

来,孙以达仍有几分得意,但他没在她的面前过分显露出来,想起在省城里求人家出资单位时赔的笑脸,还拉了主编一起出面,他这会儿觉得值了。

这一个春夜,冯小檬和他说闲话的时间比哪天都长,她起先一直站着,他请她坐下,她迟疑了一下,在坐下前,她突然像想起了什么似的,又转身走了出去。正在他困惑时,她又端了一竹簸杨梅走了进来,她说她忘了,这就是留给他吃的,洗过了,河谷地带的杨梅熟得早,甜得很。

他吃了一个,真的甜,特别是微带着一点儿酸,更让喝了点儿酒的孙以达觉得味道好。他让她也吃,她坐在三屉桌的侧边,也吃了几只杨梅。离得他近了,他清晰地闻到从她的身上轻拂过来的那一股年轻异性芬芳清新的气息,那么诱人,那么浓烈,弥漫了满满的一厢房。

夜里躺下的时候,孙以达睡不着,是酒意使

他兴奋么?

他听见冯小檬去关朝门,抽上门闩,给马厩里的川马喂料,到灶屋里封火,把脏水泼到院坝里,又到伯妈屋头,让她吃临睡之前的那一顿药。哦,一个农家妇女,一天忙到黑,都有做不完的活儿。一切都做完以后,他感觉得到,冯小檬亮一支电筒,轻手轻脚地踏上楼梯,脚板踩得楼板吱嘎吱嘎轻响,进楼上厢房入睡。

从头天起,孙以达就晓得了,冯小檬就睡在他的楼上,每天,他都听得见她的动静,她在楼板上走动,她开门关门,她上楼下楼,时间一久,甚至于她开灯关灯,铺床折床,她在床上翻身,他都能感觉得到。他愿意知道她的一切,闲空下来就和她说说话,也很想和她更接近一些,甚至更亲近一些。但是他晓得,他和她之间是不可能有什么结果的。虽说他是一个失恋的省城小伙子,比以往任何时候都渴望着漂亮异性的爱,但她却是一个已婚少妇,听冯伯妈说她已有了一个娃娃,她只不过是回娘家照顾母亲,她随时都会回到自己发了财的丈夫和孩子身边去。

脑壳里胡思乱想着,带着一点儿酒意,迷迷糊糊之间,孙以达不知不觉就睡着了。

一阵急促的敲门声惊醒了孙以达的迷梦,他不知道自己睡了多久,是刚刚睡着呢,还是沉睡了大半夜,他坐起身来的时候,门仍在敲,还能听到冯小檬惊慌的叫声:"小孙,孙同志,你醒醒,快醒醒,起来帮个忙……"

孙以达顾不得穿好衣裳,跳起来打开灯,刚拉开门闩,冯小檬一阵风般扑进屋来,一头撞在孙以达怀里,双手紧抓着他的肩膀,前言不搭后语地说:"我妈痛得不行了,小孙,乡卫生所,你快帮个忙,去、去……"

孙以达见冯小檬衣衫不整,乌发蓬乱,一脸的焦急,紧抓着他肩头的双手直哆嗦,他一把逮住了她的一只手说:"你别慌,慢慢说,冯伯妈咋个了?你要我做啥子?"

他镇定的语气也感染了冯小檬,她点着头,喘息了一声,稍放缓了口气说:"我妈痛得在床上直打滚,你、你去窑上喊一声我爹吧,让爹尽快地赶到乡卫生所,去喊卫生员来。"

从冯伯妈睡的那间屋子,传来一声一声冯伯妈痛苦的呻吟。

孙以达一边利索地穿着衣裳,一边当机立断地说:"我直接去卫生所吧。你快去照顾伯妈。"

"嗳,"冯小檬感激地说,"那你……认识路?"

"乡卫生所,我咋个不认识。"孙以达转身拿起床头的电筒,试着亮了一下,说,"你快拿点儿药给伯妈吃,我走了。"

"那真多承你了。"冯小檬在孙以达的肩头上摩挲了一下,衷心地道谢。

"不用谢,"孙以达快步走出了厢房,头也不回地说,"这是应该的。"

在往乡卫生所赶去的路上,孙以达不断地回味着刚才发生那一幕中的细节,冯小檬温热的身躯扑进他怀里,她嘴里喷出的焦急的气息,她眼里噙着的热泪,还有她语气中情不自禁对他的关切,和最后在他肩头的摩挲。这一切,对他都有一种亲昵感,令他感觉目眩神迷。

　　打了急救针,冯伯妈的病平稳下来。以后的连续几天,冯伯妈都在吊针,吃饭由冯小檬端进屋头去喂她,天天,一日三顿饭,都是冯小檬陪着孙以达两个人吃。

　　孙以达发现,冯小檬的农家菜不但做得可口,还每天会翻花样。今天有炒鸡蛋,明天炒豆干,后天必定是炒腊肉,或是炒魔芋豆腐,肯定不会重复。就是简单的一个汤,她做得也同冯伯妈不一样,十分鲜美爽口。

　　吃饭时,他总是夸她的饭菜做得好吃,每当这时候,她就会睁大眼睛感激地瞅他一眼,似乎什么也没感觉到地淡淡说:"好吃你就多吃一点儿。"

这天吃晚饭时,他又说她炒的胡豆好吃了,不仅嫩,而且味道也鲜美,在省城里他从没吃过这么新鲜的胡豆。

这一次冯小檬没叫他多吃一点儿,只是说:"看你,袖管这里都脱线了,也不晓得缝一缝。忙完了,你拿到我屋头去,我替你缝几针。"

孙以达有点儿难为情地道了声谢谢。

下乡扶贫,他是带了针线的,平时纽扣松落了,衣服哪里脱了线,他就笨拙地自己缝。可这一次,袖管连着肩膀的线脚,脱的线太长了,他不会缝。心想勉强多穿几天,穿不得了,洗净后干脆塞进包包,不再穿它了。另外换一件穿。不料这情形被冯小檬注意到了,真不好意思。

可她主动愿意为他缝衣裳,他心里还是高兴的。自从冯小檬回到娘家,他还没到小厢房楼上她的屋头去过。去年他住着时,洗了衣裳,他总是在厢房楼上的楼廊栏杆上晾晒。今年,冯小檬住在楼上以后,他洗了衣裳,就晾在院坝里的尼龙绳上,再没到楼上去过。

他想像着楼上的小屋被她布置成了什么模样。

夜里,他试图像平时一样,去哪家串一下门,天南海北地摆一阵龙门阵,遂而回来看一会儿书,记一点儿日记,时间就不知不觉消磨过去了。可今晚上,他觉得时间过得特别慢,他取消了串门,他怕串门回来,冯小檬已经睡下了,他就失去了一次单独接触她的机会。

他百无聊赖地翻了几页书,可书上写些什么,他都没记住。

打开日记本,他只记了一件事,省城里的水管出资单位来信了,信上通知他,下周一,水管就能准时运到泗溪寨来,由于卡车不能直接开到寨子里来,务必请寨子上组织好卸车的劳动力,车一到,将水管和配件及时运回寨子保管好,不要弄丢了。

另外,寨子上还要准备好施工必需的砖头、碎石、水泥,水管一路接进寨子,每一个节点上都要砌起架子支撑管子。收到信,孙以达就把信给村长看了,村长拍着胸脯说:这点点小事,没问题。

合上日记本,孙以达再想不出自己可以做一些什么。他在小厢房里来回走了两个圈,发现自己自从吃过晚饭,就一直在等待着冯小檬做完所有的家务,回到厢房楼上的屋头去。他从小窗户往灶屋那一头望望,灶屋里还有灯光,这就是说,冯小檬还在忙碌着。

泗溪寨子上,逐渐安寂下来。隆隆的推磨声听不见了,婆娘嘶声拉气地呼唤娃儿归家的叫喊平息了,这一户那一家的小窗口,灯光渐次熄灭。只有哪家的狗,时不时会"汪汪"咬几声,打破春夜的静寂。

冯小檬的脚步声响到院坝里来了,孙以达晓得,这是她出来关朝门了。果然,隔着窗户,孙以达听到她合上两扇朝门的声响。和往常不同的是,关好了朝门,她没有直接退回堂屋,而是走到孙以达住的小厢房窗户边,在他的窗玻璃上轻轻叩了两下:"把衣裳拿来吧。"

　　孙以达答应了一声,心头明白,她是把这当一回事的。

　　冯小檬回到台阶上,一一关上堂屋的门、槛子门,这才走到厢房这边,顺着木梯子,上了楼,打开小屋的门,走进去,开了灯。

　　楼上一开灯,孙以达楼下的小厢房里,也能感觉从上头泻下来的柔和的光线。

　　孙以达拿起换下的春秋两用衫,熄了灯,走出小厢房后门,绕到木梯边,一步一步走上楼去。不知为啥子,他的心扑扑跳得不平静。

　　楼上的屋门半开着,孙以达还是在门板上轻叩了两下。

"进来呀。"冯小檬在里头招呼。

孙以达推门走进屋去,冯小檬就着灯光,正在穿针。灯光下,她穿着一件无领无袖的白漂布内衣,坐在一条长板凳上。她身上的内衣裁得十分匀称,紧紧地绷在她的身上,把她身上的线条鲜明地勾勒出来。穿上针,冯小檬向他伸出一只手:"把衣裳给我。"

孙以达把衣裳递过去,自我解嘲地说:"实在不好意思……"

冯小檬瞅他一眼,仿佛在责备他无话找话说。他咽了一口唾沫,说不下去了,冯小檬又指指板凳:"坐呀。"

孙以达不假思索地坐在板凳一头,屁股只沾了板凳的一点儿边,她仿佛不经意地瞅了他一眼,他自己都觉得太不自然了,又挪到板凳中央一点儿,可和冯小檬之间,还是隔开一段板凳距离。

但就是这样,他还是觉得离冯小檬太近了。

她身上那股好闻的气息,那么浓烈地向着他拂来。

灯光下,冯小檬裸露的臂膀雪白一片地在他眼前晃。

冯小檬并没缝他的袖管,而是先拿起自己脱下的衣衫,钉一颗纽扣。在她专心低头钉纽扣时,孙以达从侧面望着她,她脸上的神情温和恬静,柔顺的线条从颈部探延到浑圆的肩膀,平时极少裸露的臂膀上部皮肤光洁细腻,当她低下脑壳咬断棉线时,孙以达感觉到她的眉梢生动地扬了起来。

钉完纽扣,孙以达料想她要给自己缝袖管了,却不料冯小檬随手将两件衣裳撩到身旁的木柜上,离座起身,走过去关屋门。

就在这一瞬间,孙以达坐着一头的板凳失重,高高地翘了起来,孙以达毫无防备,一屁股坐倒在地上,长板凳也重重地落在楼板上,发出"咚"一声响。

还没走到门边的冯小檬吃惊地回过头来，看到狼狈地摔落在地板上的孙以达，不由笑出声来："都怪你，坐个板凳，也怕虫子咬似的。摔痛了没有？"

　　她顾不得去关门，俯身过来扶他。

　　猝不及防，孙以达的屁股还真被摔得有点儿痛。可当冯小檬关切地问他，双手又一把紧紧地拉住他，他的感觉完全变了，他趁势逮住她的臂膀站了起来，冯小檬几乎是贴身站在他的面前，白漂布内衣好看地勾勒出了她的体态，乳房高高地挨近了他的身子，她身上诱人的气息整个儿笼罩着他，一团火燃烧起来。

　　冯小檬带一点儿惊慌地把手摸到他的臀部，柔声问："痛吗？"

　　当她的手触碰到他时，她才意识到不妥，这一举动太亲昵了。没等她把手移开，孙以达已情不自禁地在她的颈项上重重地吻了一下。

　　"你——"冯小檬推了他一把，嗔怒地瞪着

他,从她的眼神里,孙以达看得出她不是真正的生气,他也不知哪来的勇气,不管不顾地搂过她的身子,一只手托住她的脑壳,另一只手更有力地搂紧她的颈子,朝她的嘴上吻去。

她摇晃着脑壳,躲避着他的热吻,却并没有脱身逃开。他的第一个吻落在她的脸颊上,他吻得很长久,她激动、有力地挣扎了一下,孙以达几乎就要绝望地松手了,她又不动了。他趁这时机,又把他的嘴有力地压在她的两片嘴唇上。

她哼哼了一声,任凭他吻着,遂而张开双臂,热烈地拥住他,回吻着他。一股狂喜掠过孙以达的心头,他紧紧地拥抱住她,一下比一下更热烈地吻她,一双手不安分地抚摸着她的背脊。

她的双手使劲地推了他一下,在他耳边说:"去把门关上。"

这几乎就是恩准他留下了,孙以达利索地跑过去关上了门,当他转过身来时,冯小檬已把窗户上的帘子拉上了。这使得楼上的小屋愈加增添了几分私密性。孙以达走到她身前来时，她几乎是主动地扑进了他的怀里。

孙以达又要吻她，她一把托住了他的下巴，眼波一转问："你喜欢我？"

孙以达肯定地点头："嗯。"

"要说出来。"她的食指点住他的额头。

孙以达迟疑了一下，清晰地说："我爱你。"

"真好听，再说一遍。"她的脑壳俏皮地一偏。

"我爱你。"

"为啥子？"

"你漂亮，哦不，你长得美，美极了。"

"真的？"

"还有啥子？"她惊喜地催促着。

"你有一颗善良的、金子般的心。"

"城里人的花言巧语。"她不满地撅起了嘴。

"是真的。"他知道自己形容得太过分了，赶紧申明,"从你天天照顾我的吃穿,从那些无微不至的细枝末叶中,我就看出来了。"

这几句补充的话,她信了,她主动地吻着他。

两人陶醉痴迷地狂吻着,一边吻一边避开小窗户,站到屋角落里。进小屋时,孙以达就留神到了,这间小屋子里,没有床,除了一张长板凳,就是一只木柜子。冯小檬的地铺,就在小屋挨近墙壁的里侧。怪不得,她在楼上的每一个动静,他在楼下会听得那么清晰。

丁婉怡暗示要和孙以达断绝关系以后,失恋的孙以达总是会回味起和她亲昵时的情态,他觉得他再不会有爱了,可是当他吻着冯小檬的那一瞬间,他惊异地发现,冯小檬的吻竟比丁婉怡的吻还要热烈,还要有滋味。也许从他认识冯小檬的那一天起,他下意识中就感到冯小檬要比丁婉怡更性感罢。

孙以达热吻着冯小檬,一只手忍不住在她

的胸部抚摸着,揉搓着。

冯小檬在他的抚摸下,轻声地发出惬意的哼哼。

这哼哼似在鼓励着他,他觉得隔着白漂布内衣抚摸不满足了,又把手探进了她内衣里面。

冯小檬只是忸怩了片刻,并没阻止他。

哦,他惊异冯小檬乳房的饱满和壮硕,比起丁婉怡小巧的、平平的乳房,冯小檬的乳房带给他的快感要强烈得多了。他带着点儿贪婪地摸着,更充满激情地吻着她。

冯小檬哼哼得声音响起来,丝毫不想掩饰她的快感。这声音又刺激着孙以达心中的野火,他粗野地摸着她圆滚滚的乳房。

冯小檬像要挣脱他一般往地铺上倒去,他紧跟着蹲下身去。他的手仍固执地往她胸口抚摸,冯小檬一把揪住了他的头发,扳歪了他的脑壳,用喝醉了似的语气局促地问:

"你想看吗?"

他嘴里刚嗯了一声,她就猛地一下拉开了自己的白漂布内衣。

孙以达激动得几乎要晕过去,她那一双温热高挺的乳房像跳出来一般展现在他的眼前,散发出醉人的香气,翘突出来的深色乳头,引诱一般在他的眼前晃来晃去,几乎触碰到他的鼻尖。

孙以达怯生生地贪婪地盯着她,激动得浑身哆嗦起来。

冯小檬的眼角乜斜着他,轻声笑了一下说:"喜欢吗,喜欢你就要它呀。"

孙以达终于按捺不住强烈的诱惑,微张开嘴含住了它。

冯小檬又轻轻地叹息了一声,整个身子向铺上倒去。几乎是同时,她拉熄了灯。

沉浸在一片幽暗之中,孙以达的胆子大了起来,动作也放肆多了。他的双手在冯小檬光滑的皮肤上来回抚摸着,似乎还不够,他的嘴也在不停地亲吻着她，冯小檬的身躯和嘴里的哼哼声不住地在迎合着他，有时候还用手诱导着他，使得他感觉愈来愈局促不安，愈来愈慌张。仿佛双手和嘴加在一起也还不够使用。

当冯小檬浑身燃烧起来的时候，他却像一匹快马奔到了尽头一般，一冲到了头。

她轻叹了一声："哎呀，你真快。"

在她的话音里，有一股隐隐的失望情绪。

连他自己都感觉到了，他像个勉强跑到终点的运动员，尽管有那么一点儿满足和自得，但显然没有尽兴，相反，在心底深处，袭上来一股沮丧。他躺在地铺上，轻轻地吁了口气，不由有几分黯然。

冯小檬安慰般向他俯身过来："累了？"

"有一点儿。"他在想怎么为自己解释一下。

"你快活吗？"

"快活。咋个会不快活呢，这是我的人生第一次。"

"第一次,你快活就好。"

"你呢?"

"我也……也好。"

他的感觉是准确的,她至少不像他一样快活。

"不知咋个的,到了那一瞬间,我的心头就慌……"他在寻找措辞。

"其实不用慌。"她在安慰他,"你想嘛,朝门闩上了,屋门关严了,我妈病在床上起不来,哪个也不会来。这屋头,就我们两个。"

她这么一说,他更加肯定,她没有尽兴,他怕她拿自己和她的丈夫比,她终究是过来人呀。他歉疚地说:"我晓得,你不快活。"

"哪里呀,"她急忙分辩,"我快活的,特别是你的……你的人生第一次给了我,想起这点儿我就快活。"

"呃……"他感觉得到她的善解人意。

她又像申明一般说:"是真的,你不晓得,我也有好久好久,没有这种事了。"

这是明显地在宽慰他了,她是有丈夫的女人,咋会很久没这种事呢。她回娘家来,不过就是这么一些日子罢了,能有多久。

孙以达坐起身来,两眼望着黑洞洞的屋角落说:"不要哄我。小檬,我心中是明白的。"

他的神态,他的语气,使得她紧张起来,她跟着坐起身来,双手扳住他的肩膀,在他耳边说:"我哪里是哄你,以达,你不了解我。"

他转过脸去:"你回娘家,不就这么些日子嘛。"

"可他不要我,已经好长好长一段日子了。"

虽然晓得她说的"他"是谁,孙以达还是忍不住问:"你说的他是哪个?"

"还会是哪个,是我那没良心的死鬼男人。"冯小檬话一出口,已经啜泣起来。

孙以达连忙转过身去安慰地抱住了她,诧异地问:"怎么可能? 你长得这么美,这么善解人意。别哭，慢慢说，躺下慢慢说。"

双双躺回地铺上，冯小檬悄声地、伤心地说起了自己婚后的遭遇，很复杂也很简单。

她的丈夫，那个山塘里养鱼发了财的男人，在把鱼卖给镇街上饭店的过程中，搭识了一个贩鱼的女人，女人先是贩鱼，后来用贩鱼得来的钱在镇上开了一家特色小饭店，专门卖鱼宴，一下子吸引了镇街上的官员们、商人们和过往的客人们。这女人又会招呼人，生意做得十分红火，赚了大钱。冯小檬见过这女人，长得不难看，但也不是漂亮得晃人，就是浑身透着一股风骚劲儿，小小巧巧的，特别媚，一眼看见，就会觉得她精明。特别是那张嘴，死鱼都会被她说活转来。

自从嫁给那个没良心的男人，冯小檬一直是管着山塘、管着家，塘里的鱼养大了，往外卖的事，都是男人经手，她从来没问过他。等到她察觉不对头，想起到镇街上去打听个究竟时，男人和那个精明女人合伙开饭店,在饭店楼上明铺暗盖过日子,已经是镇上公开的秘密。况且他们生米煮成了熟饭,还生了一个女儿。最让冯小檬伤心的,是她和男人生的儿子,早早地被男人以送镇上幼儿园接受教育为名,连她这个当妈的都不认识了,相反朝着那精明风骚女子,一声一声地叫妈。

见事情已经瞒不住,男人给冯小檬摊了牌,要央下去、要离婚,都随她的便。央下去,她就睁一只眼闭一只眼,在山乡里二层的小楼里住着,装作啥也不晓得,仍旧回去管山塘、管养鱼,鱼养大了,就往镇街上送,该她得的一份收入,一点儿不会少,不愁吃、不愁穿、也不愁住;要离婚,他更求之不得,他会爽爽快快和她去办离婚手续,还会给她一笔离婚款。

冯小檬就是在这伤心欲绝左右为难拿不定主意的时候,接到父亲冯元龙的口讯,赶回泗溪来的。

女人伤心的眼泪，真的是热辣辣的，孙以达在和冯小檬灵肉交融的第一夜，算是深深体会到了。

孙以达安慰般地拭去冯小檬夺眶而出的眼泪，只觉得她的泪水温热烫手。如果说一开始仅仅只是对于冯小檬美貌的倾慕，仅仅只是异性相吸，仅仅只因为他处于失恋的痛苦之中，特别需要爱的雨露的话，当听了冯小檬的倾诉，孙以达对她的爱依附了更实在的内容。是同病相怜，是出自内心的同情，还掺和着爱的发泄。

他更加热烈持久地亲吻着冯小檬。冯小檬枕着他的臂膀睡熟之后，他眼睛睁得大大地想，真怪，他咋个会爱上冯小檬这么个农村少妇呢？是他本来出身贫穷，是他自小长大的近郊本来就贴近乡村，还是冯小檬身处的地位比他这个小编辑低得多？或是他因为失恋迫切地需要来自异性的爱？

一开始他就没有想明白，不过他和冯小檬的亲昵却在继续着。

自那以后，隔开几天，孙以达就要和冯小檬忘我地亲热一次。短则两三天，多则四五天。多半是孙以达到楼上去，只有两回，是冯小檬主动走进孙以达住的小厢房里。小厢房的窗户就对着灶屋的窗，两个人的心头总是特别惊慌，特别紧张，匆匆忙忙的。但也正因为这样，他们很快地达到了那种情人间的默契。

每次，只要到了楼上，冯小檬总是不让孙以达离去，她要孙以达就在楼上过夜，双臂搂着他的脖子或是身躯，伴着她入睡。

她没有更多的话，只是以她扎实的吻，以她双手的动作和体态，表达着她的情感，而这一切，对于处于失恋痛苦中的孙以达，无疑是甘霖般的雨露，深深地叩击着他的心。省城和山乡之间的差异，文化教养上的落差，下乡干部和农民地位的悬殊，全都消失了。

有一回，在厢房楼上，半夜中醒过来，冯小檬推开面向山野田坝的那一扇小窗，拉起孙以达，依偎在他的怀里，要他看窗外的景色。

哦，这一夜的景色，孙以达一辈子都不会忘记。

天空中有月亮，清淡的月色把一切都笼罩得朦朦胧胧。远远近近的山峦默然地卧在那里，谷地里灌满了水的稻田是亮的，萤火虫子在空中飞来飞去，时而划出一条细长的亮线，蛐蛐儿在唱，石蛙儿的叫声更是喧嘈一片，田坝上、岭腰之间，林子边上，都漂浮着一层氤氲之气。溪河里的水，在远远的地方轻吟低唱着，淙淙潺潺，永不停息。泗溪山寨的春夜，多像一张画啊，迷迷蒙蒙给人以无限的想像空间。

此时此刻，孙以达才恍然醒悟，所谓夜深人静，并不是像他一向以为的那样，静得一根针丢下来也能听见。也正是在这一瞬间，他对紧紧挨着身边、浑身散发出温热的青春芬芳的冯小檬,油然升起一股浓浓的爱意,是她让他晓得了春天山寨的夜多么美好,是她让他晓得了生活是多么美好,是她让他晓得了两个相爱的人厮守在一起是多么美好,是她让他真切地感受到了爱的滋味。

　　在那个充满了市井的喧嚣和纷扰的省城里,虽然生活条件要强过乡下几十倍,但是爱情附带着太多太多的条件,而他和冯小檬之间,却是简简单单到最为坦率的程度。他那经历了失恋的孤寂的心需要爱,被丈夫无情地抛弃的她更需要抚爱。他们之间的感情,才是真挚的呢。带着一股温情,他情不自禁地垂下脸去吻她。

　　冯小檬也仿佛感觉到了他的这个吻有些非同一般,仰起脸来瞅着他,扯一扯他的耳垂,悄声说:"再过一个月,你就要回省城去了。"

　　"是啊,"近些日子,这是孙以达时常想到的一个问题,水管架成了,泗溪寨上的老百姓,终于用上了白花花的自来水。再不担心水遭污染,再不担心喝水喝出牲畜粪便的味道来了。孙以达扶贫一年的期限,也已到了尾声。原先,他一直不晓得这最后几个月时间如何打发。现在,他却感到日子流逝得太快了。这全都是他的生活里,有了冯小檬的缘故。他定睛望着这个心爱的女人:"我走了,你咋个办呢?"

"我也要走了。"她轻叹了一声,"妈的病在好起来,这些天她已能自家起床了。我一个出了嫁的女儿,是不能长久在娘家待下去的。"

"你回去,生活在那个男人身边?"

"我还能到哪里去?"

"离婚。"

"离了婚又怎么办?"

"到省城来找我。"

"你会要我?"

"咋不会。"娶一个离了婚又有娃娃的乡村女子,对孙以达来说几乎是不可想像的事情,但在冯小檬面前,面对着她那一双充满了希冀和盼望的眼睛,孙以达还是硬朗朗地说出来了。他只能这么做。

冯小檬一个翻身扑倒在他的怀里,热吻雨点一般落在他的脸上:"就冲你这么说,我服侍你这一段,也值了。"

秧子栽上坎,就是泗溪乡间隆重的五月端午,吃过粽粑,热天就要来了。

对于孙以达来说,回省城的日子也在眼前了。从峡谷里吹来的风,带着一阵一阵的溽热。人内心深处的那种欲望,也比往常倍添了几分。这一股骚扰着孙以达的欲望,由于县里通过乡政府转来了回省城的具体通知,变得分外的强烈了。孙以达热辣辣的目光,一有机会就探询似的扫到冯小檬的脸上去。

冯小檬的眼里,也时常露出忧心地企盼的神情。是尝试了真正的爱情罢,是春天的和风吹拂的缘故罢,冯小檬出落得比回娘家那一阵还要漂亮,她的脸颊上一片绯红,显得容光焕发、神采照人。天气热了,身上的衣裳穿少了,也更显出她那身段的苗条。

看见她的泗溪人,都会忍不住多瞅她几眼。

冯伯妈的身体已经恢复过来,她不但能自己起床,屋里屋外的轻便活路,扫地啊、磨包谷啊、斩猪草啊,她也能做一些了。这些天的一日三餐饭,她都是坐到堂屋的小桌边和冯小檬、孙以达一起吃的。

孙以达和冯小檬要讲几句悄悄话,不那么方便了。尤其是到了两人想说话的时候,总觉得逮不到机会。夜里,冯伯妈越睡越晚,磨磨蹭蹭的,老人家总有做不完的事情。仿佛不等到孙以达熄灯睡觉,她是不会回屋去的。而只要她不睡,朝门和堂屋的门,是不会关的。总要等到她临睡之前,才会去合上。连续好些个晚上,早早回到厢房里的孙以达暗自期待着冯小檬会走进自己的屋里来,或者哪怕只在他门板上轻叩几下,他也可以等到夜深人静摸到楼上去。但冯小檬始终不曾给他这样的机会,相反,她似乎不经意地扫射到他脸上来的目光,总是在提示他警觉一些。

孙以达几乎失望了。

这天黄昏,孙以达从泗溪寨子外头巡查使用了一段时间的水管质量,走回寨子时,天擦黑了,刚走上青岗石板铺砌的寨路,一眼看见从园子里割菜出来的冯小檬,他惊喜地叫了一声:"小檬!"

冯小檬看清了他身边没旁人,也欣喜地笑了:"真难得。"

孙以达快步走近她的身旁,局促而又迫切地说:"夜里,我到你上头去。"

冯小檬没有马上答复,反而加快了脚步,孙以达急急地追上去,焦急地问:"不行么?"

冯小檬顺下了眼睑,几乎是无声地说:"要是要得,不过要晚些,等妈睡熟了。"

她不等他再说话，快步往自家院坝走去。

孙以达望着她的背影在寨路上拐弯，这才慢慢地移动脚步。

冯小檬没开灯，楼梯上幽暗一片。

泗溪寨子上早已沉寂下来，孙以达只穿了一双袜子，无声地往楼上走去。晚饭后，他一直在厢房里等待着。他极力使自己表现得和往天一模一样，记了一会儿日记，看了一阵书，遂而就熄了灯，歪躺在床上闭目养神，其实是悬着一颗心倾听着外面的动静。

他听到冯伯妈走进院坝里关朝门，听到她催冯小檬可以上楼睡了，听到她一一关上堂屋的门，灶屋的门，回进自己的卧室里去。他还听到冯小檬大声说："妈，那我就去睡了。"

遂而就听见冯小檬上楼的脚步声，打开楼门的声音，躺倒在地铺上的声音。隔着一层楼板，他几乎能嗅到小楼上那股混杂着冯小檬体味的气息。他真想马上就跑上楼去,但他克制着,他晓得冯伯妈年纪大了,不会上床就睡着,就是刚睡着那一会儿,她也会惊醒。他耐心地焦躁不安地期待着。

后来连冯小檬都急了,她在楼板上轻轻地叩击着。孙以达凑近窗户,往冯伯妈卧室那边瞅了一眼。看清老人家的灯终于熄了,他才小心翼翼地打开厢房门,鞋子也不穿,踮着脚尖走上楼去。

一进楼上小屋的门,孙以达就被冯小檬的两条臂膀紧紧地搂住了。两人像久别重逢的情人般嘴贴着嘴狂吻起来,没个够。

孙以达说他天天晚上都想上楼来。

冯小檬说她总感到妈的眼睛盯在她背后,她不敢。不过夜深人静时,她总给他留着门,可他屋里什么动静也没有。

孙以达说,你怎么不给我一个提示。

冯小檬说她还是怕。

孙以达说他等待得快绝望了。

冯小檬说,那你为啥拖这么长时间才上来,我的心都等焦了。

孙以达说,我还不是受了你影响。

冯小檬突然冒出一句:"我舍不得你离去。"话一出口,眼泪就淌了出来。

孙以达一边替她抹眼泪,一边说:"不是讲好了,离了婚,你就来省城找我嘛。"

"那是说说的。"冯小檬躺倒在地铺上。

"哪个和你嬉着玩,我是当真的。"孙以达再次申明。

"我晓得你当真,可你以为,"冯小檬赌气地在地铺上坐了起来,"在乡间离婚,也像你们省城那样简单啊。"

"咋不简单,他不是裹上了其他女人,也直截了当对你摊牌了嘛。"

"话是这么说,就不知真做起来……"

"做起来咋个?"

"扯皮得很！你不知，这可是一件大事，两头的老人，娃娃的归宿，房产，还有钱，哎呀呀，我一想起来就烦，脑壳都要炸了，你、你又不能在身边替我出出主意。"

孙以达被她说得六神无主了，他也晓得，在贫穷偏僻像泗溪这样的地方，离婚是一件让人十分丢面子的事情。尤其是女人，哪怕所有的错都在男人一边，离了婚的女人还是被人瞧不起，以后再出嫁也难。

他能说什么呢？

"反正我在城里等着你，你随时随地给我通消息。"孙以达沉吟着说。

"咋个通消息啊？"她的声音像在哭。

他尽量说得简单、轻描淡写："可以写信，遇到急事，还可以打长途电话。走之前，我把电话号码写给你。"

话刚落音，冯小檬整个人向他扑了过来，响亮地吻了他两下："我就晓得，你有一副好心肠。

真离去了,能在电话里听听你的声音,也是好的呀。来,来呀,以达。"她亲热地唤着他。

她愉快起来的情绪感染着他,他垂下头去吻她,轻柔地抚摸着她。她又哼哼出声了,那一阵一阵的喘息,似呻吟,又像轻唤,其间夹杂着含糊不清的诱导:"好,噢,好,太好了,你比原先强多了,真的……你要记得,是我教会你的,不要忘记……"

楼板像小舟般轻摇轻晃着,一阵一阵快感在孙以达的全身弥散。像波涛轻拂着他,如和风中送来晚笛。在冯小檬轻柔低缓的吟唱声里,孙以达感觉眼前的花蕊展开了,一片片花瓣像花雨般向他迎面洒来,他向着花雨扑去,他拨散着温馨的花瓣,他贪婪地吮吸着那股醉人的气息。哦,从没有人给过他这样的幸福和欢乐,如此地心荡神迷,如此地令人陶醉。

"嘭!"一声骤响,门被撞开了,有一阵风带进来。遂而,灯亮了,几声重重的脚步踏进屋来。惊得孙以达和冯小檬的汗毛全竖了起来。

两人不约而同地坐起身来，昏黄的灯光下，只见冯伯妈怒气冲冲地站在屋里，布满皱纹的脸上直发抖，一双眼睛瞪得老大，脸都气歪了。

下 篇 省 城

孙以达没有想到，他一年的下乡扶贫生活，会在这么一种沮丧的情况下结束。他和冯小檬之间会在这么一种不明不白的情况下分手。

是的，他和冯小檬偷偷摸摸的爱情败露以后，没有得到依依惜别的机会，更不可能有时间难舍难分地离别。但他还是给冯小檬留下了省城家中和编辑部的地址和电话。

冯伯妈在这一点上还算通情达理。她对孙以达说，自己出了嫁的女儿和从省城来的还没成亲的小伙子睡到一处去，不是啥子光彩事。她也不会敲锣打鼓地闹开去，小檬得要脸面，她更要脸面。再说，孙以达扶贫这一年，终究还是给泗溪寨子上的老百姓做了件好事。她更不忍心就为这件事，毁了孙以达的前途。

但她要求孙以达赶紧搬离她的家，她也逼着冯小檬，第二天天一亮，就离开娘家。冯小檬试图反抗，想央求当妈的宽容她再住几日。冯伯妈坚决不答应。她斩钉截铁地回绝了冯小檬，并说，女儿若不听她的，她立即就到砖瓦窑上，去把她父亲冯元龙叫回来，同时让人捎口讯，让冯小檬的男人到泗溪来。

看当妈的说得这么绝，冯小檬当时就软下来了。

眼见自己心爱的冯小檬离泗溪而去，孙以达心头真不是个滋味。但他心底深处，并不仇恨活活拆散他俩的冯伯妈。她能这么做，不朝外声张，孙以达心里已经是十分感激的了。

回到省城以后，他期待着小檬的来信，他甚至于还指望着有意外的惊喜，哪一天会在家中或是编辑部接到她的电话。

开头那些天,这种盼望和期待是那么强烈,强烈得几乎影响他的看稿、组稿工作和生活,强烈得他连连失悔,当初为什么没有留下冯小檬的联系电话和地址。

现在他只有等待,无奈地等待下去。

他很快适应了早就熟悉的上班生活,省城里喧嚣的人潮车流,省城里的高楼,省城里快节奏的生活,让他感觉到和泗溪乡间绝然不同的生活画面。在泗溪,他常常觉得自己无所事事,不知做什么好。在省城里,时光流逝得是这么快疾,省城社会里有这么多的诱惑。

当冯小檬两个月毫无音讯的时候,孙以达就预感到也许她将长久地不和自己联系。他猜测过,她是不是不慎把地址和电话号码弄丢了,这是城市人常有的借口。可发生在她的身上,几乎是不可能的,他一再地回忆起最后那段时间,她对他的缠绵和感情,他相信她绝不会发生这样的差错。

当冯小檬半年多没有任何信息的时候，孙以达晓得这件事得画上句号了。一定是冯小檬在离婚这件事上，遇到了阻碍。也许她根本就挣脱不了婚姻的羁绊，也许她当时对他说的男人的态度，本身就不可靠。她不是也忧心忡忡地说了嘛，说起来是一件事，做起来又是一回事情。

　　至于和丁婉怡之间的恋爱关系，已经彻底地断了。暑假期间，从北京回来的同学告诉他，丁婉怡有了新的恋人，是一个身材高大的东北人，也是研究生，他们正在筹备着婚礼呢。其实婚礼不婚礼的，不过是个形式罢了，同学不无神秘地告诉他，他们早就租房住在一起了。

　　最令孙以达吃惊的，是他听说了这一消息的无动于衷。其实，当他和冯小檬近乎畸恋的关系开始以后，他就把远在北京的丁婉怡忘了，忘得一干二净，忘得彻彻底底。大学时代，人们说他们大学生的恋爱不过是打打草稿的时候，孙以达听了以后还有点耿耿于怀,认为这是侮辱了他和丁婉怡之间真挚的感情。现在想想,社会的世故和议论,确确实实还是有几分道理的。

从这个意义上说,他和冯小檬在泗溪的相恋,是治愈失恋的最好的良药。就冲这一点,他的内心深处也是感谢冯小檬的。

一年过去了,孙以达彻底地绝望了。不论是什么原因,看样子,冯小檬是不会来找他了。实事求是地说,孙以达虽然时常想起她来,但他一点儿不像头一次失恋时那么痛苦。

头一次他认定丁婉怡背叛了感情、背叛了他;这一次,他为冯小檬设想过种种原因,却从不承认冯小檬会在感情上背叛他。他只是觉得,冯小檬肯定是万般无奈,不得已才没到省城里来的。思念她到十分冲动的时候,他也曾想过设法去找她。虽说没有她的地址和电话,但认真要找,也是有办法的。比如泗溪寨子上有老乡到省城里来,来编辑部里找过他,他在招呼老乡到伙食堂吃便饭时,随口问一句,冯小檬的婆家在哪里,也是能问到的。可是真问到了,又能怎么样呢,他真会专程赶到陌生的乡下去找她吗?即便找着了她,她没有离婚怎么办呢?或者往好处说,她离婚了,他真下得了那么大的决心娶她么?

孙以达的心是虚的。

两个人在厢房楼上的小屋里亲热缠绵的时候是一回事,真的把一个乡间结过婚又离婚的女子娶进省城,当自己的妻子,天天在一起过日子,又是一回事。她的工作咋个办?她文化程度不高,找不着工作怎么办?她又如何面对他在省城里的亲属、朋友、同学、同事,一时找不着工作,也像在泗溪一样,就让她在家中做家务,煮饭给他吃,婚后的那一份日子,他负担得了吗?

孙以达想都不敢往下想,于是他便抱着任

其发展的态度。

　　时光在流逝,年龄在大上去,编辑部的那一份工作,是安稳和胜任的。周围的人们不时地在有意和无意地提醒着他,该找个对象成家了。和他同时毕业在省城里工作的男女同学,一个个先后结了婚,有了自己的一个窝。老同学聚会时,人们调侃他,快成老大难了。编辑部的同事、朋友,时而也会对他涉及这一话题。家中的老人,就更别提了,早在暗中托了人,为他四处寻找可以介绍的对象。

　　他心中何曾不想呢,特别是和冯小檬有过灵肉相通、肌肤相亲的关系以后,在想到这件事的时候,感觉是难耐的强烈。他时常在心头说,只要有合适的,他会很快地就结婚。他在编辑部不张扬,但是下班以后,双休日里,他开始频繁地到酒楼、茶室、咖啡厅去和热心人们介绍的各式各样的姑娘见面。省城里叫介绍对象,如果在泗溪乡间,这就叫相亲。每次去,孙以达总会想起乡间的这种叫法。而每次见面，不管对方漂亮不漂亮，胖还是瘦，个儿高或是矮，他的心目中总有一个标准。问他是什么标准，他又说不上来，其实，他是在寻找一种直觉。这直觉就是他和冯小檬相爱时得到的，但他又说不出口。初次相见，什么样的省城姑娘能带给他这一直觉呢？走马灯似的看了好久，相过许多次亲，孙以达一个姑娘也没看上。

童玢玢就是在这段时间出现在孙以达生活中的。

其实，童玢玢一直就在孙以达的生活里，她是编辑部的编务，天天和孙以达见面，市属人民团体压缩编制以后，她又兼着市文联各部门的收发和打字员。人们都说她能干，把原来三个人干的事情，一个人顶下来了。可她作为一个姑娘，给人的感觉太一般了，不是说她不漂亮，实事求是地说，打扮起来，她还是很出众的。可她就是太瘦了，人们背后说到她，不带任何成见地,就会摇着脑壳情不自禁地说:"太瘦了,她怎么吃了就不长肉呢?"

知识分子还喜欢用简洁的字眼,有的人就用两个字形容她:奇瘦。

看起来这两个字没啥子贬义,但其中隐含着的意思,对童玢玢就太不利了,那就是说她身为一个姑娘,一点儿也不性感。也许她就是吃了这个亏吧,工作多年了,没见她有啥固定的男朋友。当然,也有人说她,处长家的千金,眼界高,一般小伙子,看不上眼。于是就落了个高不成低不就的现状。

孙以达和她亲近起来,纯粹是因为工作。有一篇自然来稿,他读来觉得不错,想送给编辑室主任看一下。可来稿是手写的,字迹有些潦草,他就拿去请童玢玢打一下。

按惯例,童玢玢打出样稿,拉出一个草样,送来请孙以达校一下。快下班了,编辑部办公室里就孙以达一个人,童玢玢走进来,带进一股优雅的香气。孙以达一抬头,看见童玢玢穿着一身绣花的连衣裙,来到他的身旁,恍然间,给刚从稿纸上抬起头来的孙以达,一种飘然而至的感觉。他不由得多瞅了童玢玢两眼,赞叹道:"好雅啧,玢玢,晚上有约会么?"

"我哪像你啊,"童玢玢笑道,一边俯身把样稿放在孙以达的桌面上,一边说,"走马灯似的和姑娘去约会。告诉你,可别挑花了眼。"

"哪里啊。"孙以达自嘲似的坐直了身子,"还不是朋友们热心,不去岂不扫人家的面子。"

"好了好了,别解释了,男大当婚、女大当嫁,这也是正大光明的事。给,"童玢玢指了指稿子"我给你打出来了,你看一遍,校一校,交给我,我可以把定稿印出来。原稿在下面。"

"好快啊,玢玢,谢谢你。"孙以达道过谢,童玢玢又像进来时一样,飘然离去。

可她的那股淡雅的香味儿,仍在屋里弥漫。孙以达不由嗅了嗅鼻子,转过脸去,朝童玢玢离

70

去的门口瞅了一眼。

　　离下班还有一点儿时间,处理完事情的同事们都已走了,编辑部里很安静。孙以达拿起打印稿,一口气就把这篇准备送审的爱情小说读完了。读打印的稿子,比读作者手写的稿子感觉好多了。孙以达改正了几处错别字和标点符号,删去了一两段不拟发表的段落,一看表,已到下班时间,就把稿子放进提包,带上办公室的门。

　　路过童玢玢编务兼打字室门前,见她还在,孙以达从包里把稿子取出来,走进去说:"玢玢,稿子我校完了,明后天,你空闲的时候,给我改过来就行了。"

　　童玢玢坐在电脑前,接过稿子问:"错的地方多吗?"

　　"不多,就几处。"

　　"那你等等,我一会儿就给你改出来,把定稿给你。"

在市文联，一身兼三职的童玢玢也是个忙人，一会儿要跑邮局，一会儿送机要，几乎天天都要给各个协会打印会议通知和简报。孙以达见她这么主动，说声："那就谢谢你了。"就站在她的身后等。

　　童玢玢一边翻动着孙以达改动过的地方，纤细的手指一边灵巧地敲击着键盘，看到孙以达删去的一段描绘，她的双手停下来，脑壳向后一仰，问："为啥要删这一节?"

　　童玢玢的头往后仰得太突然，一头乌发恰好靠在孙以达的胸前，孙以达顿时觉得有些不自然，他稍往边上移动一下身子，眼睛朝荧屏望去，只见他示意要删去的那一段，正是恋爱小说中的性描写。他万没想到童玢玢会问出这一话题，愣怔了一下说："这是个还没发过东西的作者……"

　　"没发表过东西，你就给他乱改啊! 你们这些大编辑也真是的。"童玢玢一脸的耿耿于怀，

"要我说啊,这篇小说,还就是你要删去的地方好看。"

"你看了?"

"下午一边打,我一边就看了。男女之间的感情,写得还真动情。你说是不是啊？嗳,你坐啊!"

说着,童玢玢拉出一把椅子,让孙以达坐。

孙以达没想到她会和自己讨论起稿子来。他在她拉出的椅子上坐下,几乎是挨着童玢玢,她身上那一股淡雅的香味儿又袭了过来。

孙以达第一次和童玢玢这么近地坐在一起,从侧面望着她,他发现她瘦虽瘦,但脸色润泽晶莹,身上的线条率真硬朗,别有一番风韵。

"嗳,删不删啊?"她转过脸来望着他,一下子捕捉到了他专注的目光,她不觉一怔,两颊上有些红了。

孙以达也觉得有些不自然:"那么,这样吧,我再看看。"

他伸过手去,想接过鼠标,慌乱中一把抓住了她的手。童玢玢的手冷凉纤细,瘦瘦的骨节突出,却也细腻柔滑。

"你今天是怎么了呀? 孙以达!"她责备地嗲声嗲气地叫着,左手在他的身上拍打了一下,并不抽回自己被他抓住的右手,反而把身子朝着孙以达靠了过来。

孙以达一转脸,看见了她那连衣裙薄如蝉翼的滚边和玲珑的曲线,他脑壳一热,也不知怎么的,捧住了她的脸,就吻了起来。

童玢玢起先受惊地弹跳了一下,似要挣脱着离去,但孙以达一吻到她的嘴唇,她便轻轻叹息一声,像是无奈地任凭他吻着,脑壳轻摇轻晃着。继而嘴唇有力地回吻着他。

他们不顾一切地吻得那么久,以至快要喘不过气来了,才分开了一下。童玢玢的双手紧紧地揪住了孙以达的肩,低沉而又清晰地问:"你爱我?"

她的眼睛睁得这么大,这么亮,孙以达想要回避也回避不了,他眼里冒着金星,惶惑地面对着她,点了点头。

"要死了,门敞着,窗户也开着,幸好已经下班了。"童玢玢跳起来,先去关上窗户,拉上窗帘,又小跑着穿过窄长的房间,把门"砰"一声关上:"门窗关上了,你热不热?热的话,我把空调打开。要下班了,我已经关了空调。"

孙以达脑子里一片空白,他不置可否地摇摇头,又点点头。

童玢玢拿起遥控器,打开了空调,随而张开双臂,向孙以达扑了上来。两个人紧紧地拥抱在一起,热烈地亲吻着。

搂着童玢玢再一次亲吻她的时候,孙以达脑子里掠过一个念头,不知是哪个缺德鬼最先说的,讲童玢玢不性感。他一和她接吻、拥抱就感觉到了,童玢玢性感得很。她吻得那么投入,她拥抱他的时候全身都在扭动,似要把整个身子贴到你的身上去。

孙以达承认,要不是在机关的办公室里,要不是刚和童玢玢相恋,他真克制不住了。

这天的晚饭,孙以达是和童玢玢一起在外面饭店里吃的。

晚餐有一股喜宴的气氛,他们不但点了各自喜欢的菜,还不约而同地要了红葡萄酒,是玫瑰香的云南红,味道很爽口的。也许两人都有一种庆贺的心理罢。

晚餐以后,他们又一起去看了一场情人电影。

在电影院小厅的双人雅座里,银幕上演的是什么,两个人都不晓得,他们借着酒后的兴奋和初恋的狂热劲儿,在一片幽暗中久久地拥吻在一起,仿佛整个世界都不存在了。

散场后孙以达送童玢玢回家,童玢玢的手一直挽着孙以达的臂弯。在离童玢玢家不远的地方,两人情意绵绵,依依不舍地难解难分。躲在悬铃木的阴影里吻别的时候,童玢玢突然冒出一句:"要不要到我家去坐坐。"

孙以达虽然很想上去,但还是摇了摇头:"我们才相爱,就在你家人前露面啊。再说,头一次去……"

童玢玢"扑哧"一声笑了:"憨包,连这也不晓得,我是一个人住。这套两室一厅,是机关贴了一半钱给我父亲单位后增配的。"

孙以达仍然没有上去,他晓得,一旦上去了,两人间的关系发展得就愈加神速了。

他不想这样。

童玢玢没有强求他,可是他刚一回到家,她的电话就打进来了,第一句话就说:"我想你。"

恋爱双方都是同一机关的人,旁人往往不易讲清楚男女之间是怎么好上的。在省城的市文联机关里,孙以达和童玢玢两个年龄相仿的男女相爱，更让人猜不透，他们是从什么时候起，开始有意思的。

可在孙以达心里，始终是清楚的。就如他住在冯伯妈家中时和冯小檬好得很快一样，他和童玢玢的相爱，实在是出乎意料地快。似有人有意识地在传播真相般，他们之间相好的消息，很快就在整个文联机关里传遍了。就连那些时常给编辑部投稿的作者之间，都晓得了，他们送稿子来，会关切地问一声："啥时候喝你的喜酒啊？我们是要来热闹热闹的。"在寄稿子来的信上，末尾也有人会提一笔："代问未来的嫂夫人好。"

除了感觉到发展得快一点儿之外，孙以达对童玢玢的一切都是满意的。自从公开了他们之间的恋情，童玢玢各方面都在关心着他，照顾着他。编辑部和文联机关的干部和艺术家们都说，自从恋爱以后，孙以达身上的衣着得体多了，两人同在机关食堂吃饭，伙食质量也提高了。虽说瘦削的童玢玢不见胖起来,还是那样子精瘦,可眼见得孙以达的气色精神,比过去好得多了。

只有孙以达心灵深处知道,他没有那种爱的狂喜,没有那种预料中的幸福感。

天天和童玢玢相见,他们一道工作,一起吃饭,双双出去逛街买东西,双休日相约着去公园,秋天了,还一道去风景点旅游。在所有的人眼里,他们的恋爱正在发展成熟。

孙以达也认为,省城里的爱情,不都是这样的嘛。经历过这么一段,然后就结婚成亲,水到渠成的,小两口子在一起过正常的日子,柴、米、油、盐、酱、醋、茶,琐琐碎碎、恩恩爱爱、吵吵闹闹,要那种幸福感干什么,要那种爱的狂喜干什么?当年,他和丁婉怡不有过幸福感么,他和冯小檬之间,不也有过那种狂喜么。

结果怎么样呢?

可能正是这种心理在作祟吧,孙以达尽量

想把和童玢玢的恋爱时间拖得长一些。他带着童玢玢去过自己省城近郊的家,见过自己的父母亲,童玢玢直喊累,还说那里环境脏;他也随着童玢玢去过她父母三室一厅的家,在装修得十分漂亮的客厅里见过未来的老丈人和丈母娘,他们的态度虽很热情,仍让孙以达有一股居高临下的感觉。爱情在发展,但他始终坚持着,不到童玢玢单独住的地方去。

在下意识里,他再清楚也不过了,只要他一去童玢玢独住的家中,他和她之间一定克制不住。每次,只要他和童玢玢单独在一起,她就显得格外性感,两人一亲吻拥抱,那种欲望就特别强烈。而一旦进入了灵肉相亲的地步,那么,结婚成亲就是紧接着的事情。

不是他不想成家立业,他只是觉得,他和童玢玢的爱之中,似乎还欠缺点儿什么。可欠缺的是啥呢,他讲不上来。

深秋了,一点儿没什么预兆的,童玢玢没来

上班。开始孙以达以为她迟到了,或是先去邮局弯一弯,办一点儿什么事,这也是常事。但过了十点,她也没到,孙以达急了,不时有协会的人到编辑部问他,童玢玢到哪去了,什么时候来,开会通知没人打,要误事了!

孙以达赶紧给童玢玢家里打了一个电话。

电话是童玢玢接的,声气很弱,她说她感冒了,起不来,要孙以达给她打一个招呼,还要孙以达代她签收一下每天都会送到编辑部和协会的信件和刊物,特别是汇款单和挂号件。孙以达表示要赶过去看她,陪她到医院看病,她说不碍事,先请他把她的工作做了要紧。开会通知么,只好请他们在电脑上自己打一下了。

好不容易熬到午间休息,孙以达骑着一辆自行车,赶到童玢玢的家中。童玢玢披了一条毯子来给他开门。他要陪她去医院,她摆手说不碍事,现在好多了,她已经自己找了药吃。他让她仍旧躺下,抚摸她的额头,她有几分热度,听说她早饭都没吃,他问她想吃什么。他在冰箱里胡乱找着,有饺子,有面条,也有馄饨。她说一早晨都不想吃东西,现在有些饿了,最想吃的是稀饭。他连忙淘米给她做稀饭吃。

煮稀饭的时候,他又出去给她买下稀饭的咸菜。等到买回咸菜,熬好稀饭,盛到床边,让她坐起来吃了一碗稀饭。上班的时间到了,她躺在床上,额头上沁出一层细汗,晶亮晶亮的。他俯下身去吻她,说下班后再来看她,她的眼角落下一滴泪来。

下班以后他又马不停蹄地赶来,她刚睡醒,精神比中午好,热度也退了,只是仍有着一股病中的虚弱。晚饭她仍要吃稀饭,他就陪着她吃稀饭。吃完饭,他手忙脚乱地洗碗,收拾房间,一切忙完以后,他坐在她床边,陪着她说话看电视。

她本来就瘦,在病中,显得就更清瘦了,说话柔柔的,洁白的皮肤贴在骨头上,泛着一片潮红。夜渐渐深了,有一个问题随着时间的流逝突现出来,他该陪着她呢,还是告辞回家?

其实,一吃完晚饭,这个问题就在孙以达脑际盘旋了。他一直拿不定主意,他也不敢向她提出来讨论。如果一吃完晚饭就商量的话,还有可能通知她的家人前来陪伴。时间越晚,这种可能性就越小了。她在病中,他能置她于不顾,顾自离去吗?他觉得也说不出口。

秋夜的风在撞击着窗户,似有一双手在叩击着玻璃。童玢玢关了电视,要孙以达坐到她的床头来。

孙以达刚坐过去,她就把整个身子移过来,躺倒在他的怀里。孙以达抽出被子,盖上她的肩头,搂着她悄声说:"你要受凉的。"

"不会,我好多了。"她更紧地贴着他,伸出瘦长的手臂,搂着他的脖子说:"今天,你赶过来照顾我,我心里甜极了。"

他垂下头去,在她额头上轻轻吻了一下。

她一个翻身扑到他的胸前，热辣辣地吻着他说："以达，你不要走了，今晚上陪着我，我怕，一个人待在这屋里，我真的怕……"

他瞅了她一眼，她泪盈盈地瞪着他，没待他答话，她把灯关了，双手撕扯着他的衣裳说："把衣裳脱了，你睡上来，快、快一点儿……"

幽黑薄暗中，孙以达脱尽了衣裳，钻进了童玢玢的被窝。

睡了一天的被窝里暖烘烘的，他紧紧地搂抱着童玢玢瘦削的骨节突出的身躯，轻柔地抚摸着她。

"天哪，真幸福！"童玢玢在他的抚摸下惊叹一般欢声叫起来。

让孙以达更为惊异的是，瘦得出奇的童玢玢却有一对发达的乳房。在和童玢玢恋爱之前，编辑部有男人议论起童玢玢工作多年了，怎么没个男朋友，有人以不屑的口气说："她呀，实在太瘦了，身上一把骨头，胸部肯定是垫出来的,有哪个男人会感兴趣。"

孙以达抚摸到她沉甸甸的乳房时,有着一股意外的快慰。他真想朝那个自以为是的男人扇一个响亮的耳光。他充满感情地揉搓着她,童玢玢似有感应一般敏感地意识到了,她浑身颤动地在他耳边激动地说:"以达,真快活。"

"真的吗?"

"真的,以达,"童玢玢热切地说:"你摸着我的时候,我全身都抖动起来,你没感觉到吗?"

"嗯。"

"真舒服,你知道么,让你这一摸,我的病都要好了。我也要让你开心,让你,哎呀我真不好意思说,你、你要么?"

她的双手也在孙以达的身上游动起来,一边轻柔地移动,一边耳语般问:"以达,你喜欢吗?"

孙以达刚哼出一声,她的嘴唇凑了上来,吻着他的嘴、吻着他的颈项、吻着他的胸部,一双纤手配合着,又渐渐地往下移……

孙以达和冯小檬有过性的体验,可他从没感受过这样主动的来自异性的爱。童玢玢一点儿也不掩饰她的欲望和需求,在肌肤相亲的这一时刻,她带着惶惑地享受着性的激动和欢乐,她也把喜悦和快活奉献给孙以达。起先孙以达还是主动的,两个人似争先恐后一般亲吻和抚摸着对方,以至于呼吸都急促起来,逐渐地他完全从属于被动的一方,听凭动作带一点儿生硬的童玢玢的摆布。他向后仰着脑壳,倚靠着枕头,合上了眼睛,他只觉得自己的身躯像在腾云驾雾,前方出现了乳白色的浓云,浓云的尽头是一弯月亮,弯弯月亮的两头怎会变得这么尖呢,他微睁微闭的眼睛看到童玢玢披散的乌发像被风吹着般在飘浮,顷刻间,飘浮的乌发和厚重的浓云交织在一起,困惑之中,翻腾的云雾把月亮淹没了……

当一切复归于平静时,孙以达只觉得过了

好久好久。他有些累了,仰面躺在床上,他的头脑里空无一物,茫然一片,只是感到有些燥热。和冯小檬在厢房楼上的时候,他从没有过今天这样的感觉。

童玢玢和冯小檬是不一样的。

沉寂了好一阵,他才想到躺在身旁的童玢玢。她怎么也是悄没声息的,是不是累坏了。她这是在病中啊,他有点儿惊慌地伸出手去,他的手触摸到了她发烫的脸颊,他惊骇地坐了起来。他摸到了她一脸的汗:"你……你、你这是怎么了?"

幽暗之中,她轻声笑了起来:"我在回味……"

"回味?"

"是啊,我、我只觉得好舒服,好舒服。"

"可你在出汗。"孙以达提醒她。

"出汗才好呢。出这一身的汗,我这病就好了。"说话间,童玢玢把脸向孙以达转过来,而后支起身子靠到他的身上说："以达,你呢,感觉好么?"

"好。"

"那你要娶我,把我这个新娘子,娶到家里去。"

"是的。"

有过第一次,一发而不可收拾的,便有第二次、第三次⋯⋯

孙以达原先硬靠理性压抑的欲望被热情如火的童玢玢唤醒了,直到这时候,他才发现,自从冯小檬从他的生活中消失,他一直在克制着自己的欲望,性欲望,而和童玢玢的相爱,一下子把他的欲望释放了出来。

而童玢玢呢,渴盼着和孙以达单独相处的愿望还要强烈。只要一有机会,她就想要孙以达到她那儿去,和她亲昵着睡到床上去。有几次,在她一人独处的打字室里,她甚至也要求孙以达的爱抚。

三个月后的一天,童玢玢依偎在孙以达的怀里,耳语般告诉他,近来她的身体感觉到一点儿变化。

孙以达愕然地瞪着她:"是哪里不舒服?"

"身子。"她抚了一下腹部。

"痛么?"

"痛倒不痛。"

"那是什么感觉?"

"想吃酸东西。"

"呃……"

"这两天上午,还伴有恶心、呕吐。"

"那你快去看医生。"

"不消去看。"

"不看医生怎么行?"

她突然一把捏紧了他的鼻尖,嗔怪道:"你真是个憨包,我怀上娃娃了,你知不知道?"

"真的!"他激动地坐直了身子,继而俯下脸去重重地吻了她一下,把她紧紧地搂着说:"那好啊。"

童玢玢柔弱地缩着身子说:"好是好,只是我们得尽快地成家了。"

"那就结婚啊,越快越好。"孙以达爽快地说。

童玢玢从他的怀里抬起头来,一下接一下地吻着他说:"你讲起来真轻巧。"

看得出,她对孙以达知道真相后的态度是满意的。

是装修、筹备婚房太过劳累,还是婚礼前前后后过于忙碌,婚礼上又闹得太凶,婚后第二天,童玢玢就流产了,那景象有些怕人,童玢玢流了很多血,医生却说她是流产不全,要行刮宫术。很无奈地,蜜月成了他们休养生息的日子。

童玢玢恢复得很快,几个星期之后,他们就开始了新的夫妻生活。新婚良宵,男欢女爱,孙以达和童玢玢的蜜月似在延续。起先,孙以达没有在意,婚前拘谨不安的羞涩感消失了,婚后的日子充满了柔情蜜意,孙以达也感到从未有过的幸福和欢悦。他想,所有新婚蜜月里的夫妇,大概都是这样的吧,大概都要经历这一阶段的吧。可日子久了,孙以达逐渐发现,童玢玢的性欲出奇的旺盛,她差不多天天晚上都会催促着他早点儿上床。一到床上,她那炽热的情感就会按捺不住地像野火般燃烧起来,生气勃勃,不到精疲力尽不会罢休。

在连续多日的折腾之后,孙以达心中开始纳闷,这究竟是怎么回事?但他找不到任何人可以叙说。他只是根据和冯小檬曾经有过的性交往,感觉到童玢玢要比冯小檬的欲望强烈得多。这使他感到困惑。照理,冯小檬是已婚妇女,长期遭到丈夫的冷落和遗弃,在回到泗溪的那些日子里,和孙以达有了感情,她该比童玢玢热烈得多。可现在恰恰相反,外人看去那么消瘦体弱的童玢玢,在婚后却表现出了远远超出于冯小檬的强烈的性欲望。

这到底是正常的,还是不正常的呢?

孙以达只能在心中忖度,无法和任何人说。

童玢玢又怀孕了。

鉴于第一次的教训,孙以达要童玢玢充分注意休息,一点儿重活儿、累活儿都不要沾手,只要是有益于孕妇的营养,孙以达都弄来要童玢玢吃;童玢玢也十分当心,上下班不再挤公共汽车,连上下楼梯都要扶着把手,编辑部、文联机关跑邮局的事,一大半都由孙以达承担了。

可事情就是那么怪,越是小心翼翼,越怕出事,偏偏就容易出事。一点儿预兆也没有,童玢玢又流产了,和头一次很相似,又是流了很多血,又说是流产不全,又要行刮宫术。

这一次流产,童玢玢哭了。医生诊断说,连续两次了,这是习惯性流产的迹象,下一次怀孕千万千万要留神了。

千万千万留神也没有用,婚后近三年时间里,童玢玢怀孕五次,五次都流产不全,行了刮宫术。第五次失败以后,医生警告孙以达和童玢玢夫妻,由于连续五次行了刮宫术,童玢玢的子宫薄得像一张纸,若怀孕流产已经是一件危险的事情。

如果怀孕以后再遇上流产不全,子宫经不起再刮了!

可孙以达盼望孩子,童玢玢比孙以达更强烈地盼望孩子。但他们不能经受失败了,一旦再怀孕,就必须万无一失地把胎儿保住。如若又遭逢流产,那后果更难设想。

对于常人来说,是那么简单、那么顺理成章的一件事,对于他们夫妇,却成了一件思想负担极为沉重的事情。

令孙以达困惑的是,童玢玢的性欲仍是那么强烈。到了夜间,一躺到孙以达的身边,她就要依偎上来抚摸他。他们往往要用极大的毅力,才能克制自己的欲望,可这种克制又是十分痛苦和难耐的。

孙以达和童玢玢的夫妻关系,也陷入了迟疑、无奈、滑稽、恐慌的怪圈。无论是他们互相之间,还是他们这个小家庭和社会之间,都有着一种无形的紧张感。

是猜忌、是唯恐遭人议论、是日益沉重的看不见摸不着的心理压力。

童玢玢变得更瘦了,真正地瘦成了皮包骨头。可她的精神仍显得很好,眼里总闪烁着灼灼的光。

孙以达呢,心中只觉得窝着一团无名火,但又无从发泄。

他们两个,唯有一点是相像的,那就是在瞅人的时候,眼神总是直瞪瞪的。让人感到他们的生活中有什么不顺心的事情。

这是一个和风轻拂的秋夜,躺在床上,孙以达能清晰地听见从开着的气窗外传来的音乐,这是哪家邻居电视机还是收音机里传出来的，他分辨不清了，只是觉得这音乐很美，柔柔的，自然而然地让人的心灵深处，会升起那种亲昵的欲望。

童玢玢骨节突出的纤长细指试探地抚摸孙以达的肩膀时，孙以达不由得打了一个寒噤。他转过脸去，薄明薄暗中，童玢玢的眼睛睁得大大的，欲言又止地望着他，呼吸也变得惶恐了。

"嗯?"

"嗯。"

他们没有对话，只是用燃烧的目光探究地瞪着对方。当孙以达的手向童玢玢搂过去时，童玢玢以一个激越的动作把整个身子向孙以达倾覆过来。孙以达亲吻着妻子，童玢玢回吻他的力度还要大、还要猛烈。

出院这一长段时间来，他们压抑得太久了。他们相互之间紧紧地搂抱着，纹丝不动地静默了片刻。

孙以达低沉而迟疑地发问："你的身体……"

　　"好得不能再好了！以达。"不等他讲完，童玢玢就迫不及待地说："我们总不能像苦行僧般地熬下去啊，你说是不是？"

　　"是的。"

　　"告诉你，以达，今晚我有一种特别的感觉。"

　　"哪里特别？"

　　"好像新婚夜一样……"

　　"是么？"

　　"我激动得不行。不信你听听，我的心咚咚跳。"

　　孙以达俯在她胸前倾听着，当真的，她的心在撞击般跳荡着。

　　就在这一瞬间，仿佛有一条火焰的河流，包围在他们的四周。他们的身体在床上扭动着，彼此交融着，汇成了一体。是的，他们原本就是结发夫妻,他们不用躲藏什么,不用感觉羞辱,更不用忍受那令人揪心的克制。他们可以放得开些,再放得开些,轻松而又自在,毕竟这是他们夫妇之间的正当权利,毕竟这是他们夫妇应有的欢悦。

火焰在翻腾,河流在喘息,波涛在汹涌,他们正在进入两情相悦的陶醉状态,一点儿预感也没有的,如同正在播放紧张情节的电影突然断了带,童玢玢轻轻地惊嚓了一声,脑壳往侧边一歪,整个身子都没有了感觉。

孙以达惊慌失措地跳起身来,抓着她的肩膀和头发,连连地晃动着童玢玢的身躯,凄声惨叫着:"玢玢,玢玢,玢玢你怎么了? 啊……"

童玢玢人事不省地昏厥过去了。

幸好孙以达还有几分理智,他在慌乱中拨打了急救中心"120"的电话,才把童玢玢抢救过来。

医生的诊断像晴天霹雳,童玢玢患有严重

的心脏病，即使痊愈以后，也应节制房事。

童玢玢出院了，身体在逐渐恢复。

表面上看起来，日子仍在省城里一天一天平平静静地过去。

可在孙以达和童玢玢的心灵上，却已笼罩了一层阴影。本来，切盼有个孩子的心愿已经是他们夫妇生活中解不开的一个结；如今，童玢玢突然发作的心脏病，又给他们的小家庭生活增加了无时无刻不在的恐惧。

童玢玢出院以后，还需要在家中疗养一段时间，但她已不可能像过去那样包揽家务、风风火火地忙进忙出了。还在出院之前，他们就商量着要找一个保姆，来帮助他们料理生活。

刚出院那几天，孙以达既要上班，又要照顾童玢玢，还得忙活务，虽说勉强能应付下来，可他却明显地瘦了。

夜里，躺在床上，童玢玢抚摸着他削尖了的

下巴，歉疚地说："这段日子，真苦了你啦，真的。"

"没关系，"孙以达不想给她增加心理负担，微笑着说，"机关里的老同志都说，哪个家庭没点儿意外啊。"

童玢玢也笑了一下，不过她的笑容有点儿牵强，有些惆怅。她在孙以达的脸颊上轻轻吻了一下，仿佛是感激，也似乎是宽慰，但却一点儿也没有过去常常感觉到的热辣辣的性感。

那天下班回家，掏出钥匙开门时，隔着门板，孙以达就听见了屋里有说话声。

童玢玢刚出院，来探望她的人多，来客人也是常事，孙以达没怎么经意。他开门走进屋，一脸倦容坐在客厅沙发上的童玢玢就笑吟吟地向他招手说："以达，快来见见我们家来的保姆，还算年轻的。"

孙以达一转脸，一眼瞥见了保姆的侧影，他

觉得这身影怎么有些熟悉,几步走过去,保姆也向着他转过身来,一眼看到了保姆的脸,孙以达只觉得血直往脑壳上冲,几乎自持不住。

童玢玢不无自得地对孙以达说:"这是冯小檬,区里面的保姆介绍所介绍的,我托他们好久了。认识一下。"

冯小檬也在拿眼睛瞅他,她那复杂的眼神好像在责备他什么,又要制止他什么,还带了点儿幽怨。

几年不见,冯小檬显得老了好几岁,脸颊上皮肤粗糙、脸色苍黑憔悴,是太阳晒多了,还是山风吹的?搁置在围裙上的一双不安地绞扭着的手粗粗实实的。

孙以达陡地有一股陌生感。

他们的眼神只在一瞬间碰撞了一下,便移开了。

最初的骇然过去以后,孙以达镇定着自己,眼角扫了一下童玢玢,淡淡地朝冯小檬点了点头:"好、好、好的,麻烦你了。"

这天夜里,孙以达失眠了。

童玢玢终究年轻,身体恢复得快。

三个多月以后,医生同意她可以上半天班,干一些轻便的活儿。她的工作本来就不重,确诊她是心脏病以后,市文联机关聘了一个打字员,像她一样,兼管收发和编务,每天跑一趟邮局。现在她只能上半天班,机关里的打字员照聘,让她管一点儿机要和编务的事儿,接接电话,登记一下稿件,非常轻松的。

每天,孙以达陪着她一路慢慢地走着去上班,二十分钟的路,和她一起要走半个小时。到了中午时分,她就回家休息。开头几天,怕她在路上出意外,孙以达不放心,还送她回家。后来童玢玢说,这点点路,她完全对付得下来,不用送了。孙以达也就不再来回折腾,在机关吃了饭,小休片刻,便能在编辑部专心读稿、编稿、组织稿件。

　　日子像平静的流水一般在过去。

　　只是,冯小檬走进他们这个家以来,孙以达始终没得到一个可以单独和她相处说话的时间。童玢玢全休时是别说了,就是她上半天班以后,孙以达也没有这样的机会。乍一见到她时,他觉得有那么多别后的话要问她。随着日子一天一天地过去,他却又不急了。开头几天,他以为冯小檬发现无意间撞进了他们家,看到他已和童玢玢在一起生活,会受不了,不几天就寻找一个借口主动离去。

　　他的心情是矛盾的。他怕她住下去,却又怕她离去。在忐忑不宁的焦虑中熬过了一段日子,见她没有走,和童玢玢相处得十分融洽。他的心绪渐渐地平静下来。平心而论,她来之后,他的负担轻得多了,她包揽了所有的家务,还把两室一厅的屋子收拾得干干净净。更让他心奇的是她也在变,尽管她整天在家务琐事中忙碌,住在他们家的小间里,吃着和他们一样的饭菜,可几个月下来,她明显地变得白净了,粗糙的皮肤变得细腻,憔悴的神情变得安详,脸颊上泛着健康的光泽。他把这归功于省城里的水土和安定的生活条件,虽说做的是家务活儿,但毕竟不同于山乡粗重的农活儿,整日里沐浴的是热辣辣的太阳和凛冽的风。

这一天是"三八妇女节"。市文联机关组织全体妇女去梦溪湖游湖,坐船环湖游一周,随而去湖心岛,游程并不累,就是时间长,要一天。征求童玢玢意见,去,大家欢迎,也会始终有人陪伴她;不去,就放她的假,别上班了,在家好好休息。

不料童玢玢想也不想地回答,她要和大伙儿一起去,她不会碍大家的事,吃不消她自会坐着不动,少游几个景点。

"三八"节这天,虽是早春时节,可天气出奇的好,风和日丽的。看着童玢玢和机关的妇女们坐的面包车开出大院,孙以达回到编辑部,安坐着却再也静不下心来读稿子。

脑壳埋在稿面上,那一行行的字却是花的。他一而再、再而三地问着自己,要不要回去,要不要回去? 这是几个月来惟一能和冯小檬说话的机会,错过了这一机会,还不知要等到什么时候,才能和她说上话呢!

在编辑部如坐针毡地待了一个小时,他卷上两篇稿子,对主编说约了两个作者上茶馆谈稿子,终于还是离开了编辑部。

到了街上,孙以达才觉察到自己的心是多么急切,他连步行二十分钟的耐心也没有了,扬手招了一辆出租,急如星火地往家里赶。出租车不足五分钟就到了自家住的那幢楼前,孙以达心中还觉得慢。上楼的时候,他几乎是一口气蹿上去的。

掏出钥匙开门的时候,转了两道,门也打不

开。他又转了一下,才发现门从里面锁上了。他转动钥匙的动作难免重了一些,屋里有动静了,冯小檬在问:"是谁啊?"

"是我。"他声气闷闷地答。

"噢,来了,来了。"冯小檬慌慌地答着,在里面打开了保险锁。

孙以达开门进屋,不解地问:"你反锁着门干啥?"

"是童玢玢关照的。"冯小檬退后一步,站在屋中央,瞅了他一眼说,"她叮嘱我不止一次了。嗳,你回来做啥子?"

"你说呢。"孙以达关上门,反问一句。

"我咋个……晓得……"

"你真不晓得?"

冯小檬摆摆脑壳:"不晓得。"

"那她去游湖,还带着药,跟你说中午不回家来吃饭,你不知道?"

"这我知道。可我不知,不知你回来……"

"你真没想到?"

"真没……"

"你应该想到的。"

"我为啥该想到,我……"她赌气地抬起头来,睁大眼望着他。看见他正入神地盯着她,她的脸一红,又把眼光错开去。

"小檬,你这么长的时间无音信,就没想到我有好多话要问? 你来我家好几个月,就不想有个机会,和我好好地摆一摆?"孙以达有点儿激动地说,"就是你不想,我还想呢! 我、呃……"

冯小檬再次抬起头来望着他,孙以达惊愕地张着嘴,说不出话了。两行热泪,顺着冯小檬的脸颊淌下来。没等孙以达再说出话来,冯小檬双肩耸动,隆起的胸脯微微起伏着,啜泣出了声。

"你怎么啦?"孙以达一个箭步走上前,扳住了她的肩膀关切地问,"咋个哭了?"

也不知怎么的，一当面对着她，他的话音也明显地带了泗溪那一带的山乡口吻。

冯小檬挣扎了一下，只是他扳得很紧，她挣脱不了。她一使劲，他反而把她逮得更紧了，她晃了晃脑壳，一头埋进他的怀里，嘴一张，终于哭出声来。

他紧紧地搂着她，手摩挲着她的一头乌发。她还像在乡下时一样，总是把头发梳得纹丝儿不乱，紧紧地巴着头皮。他的这一亲昵的动作，愈发激起了她的伤感，她哭得更凶了，两个肩膀都在颤动。

他的手从她的头发上落下，在她浑圆的肩膀上抚摸着。当她稍克制一些，他托起她的下巴，让她的脸仰起来，在她的泪脸上轻轻吻了一下。她的脸颊上热乎乎的，有些潮。

她受惊地推开他的脸："哦，不！"

"咋个了？"他不解地问，"我们原先不是还……"

"你已经结婚了。"

"是啊,你不也结婚了嘛。"

"可我离了。"

"你离婚了?"

"嗯。"

"为啥不早告诉我?"

"刚离的,离了才来的省城。"

"拖了这么久。"孙以达长长地叹了一口气。

"你以为婚是好离的嘛。"

"那也不至于拖几年啊。"

"就是拖了这么久。"冯小檬依偎在孙以达怀里,声气柔柔地带着抱怨说,"离开泗溪,到家我就给男人提了,要离婚。可他变卦了,说过的话不算数了,拍桌子打板凳地吼我,说我一定是在娘家找了野男人,硬是不想离,还打我,把我往死里打。他愈打、我愈要离,我一提离字,他就打得更凶。打完了他就拖,去了镇上就不回来。我等他不归,跑去镇上找法官,法官家就住

108

在镇上，平时吃他的，喝他的，尽帮着他说话。我说他又裹上了小老婆，法官说他只是雇了个年轻女子，又没结婚，咋叫小老婆？说多了法官还不耐烦，怪我想不通。倒过来，法官还苦口婆心地劝我……"

冯小檬局促地一句一句说话时，孙以达示意她别尽站着，到屋里去坐，他要她进大房间，可她执意地走进了自己的小屋。小屋里只一把椅子，他们只能在床沿上坐着。

坐下时，孙以达给她倒了一杯茶，让她喝口水，慢慢说。

"法官怎么说？"

冯小檬苦笑了一下说："说千道万，法官就是一句话，让我睁一只眼闭一只眼算了，说他有的是钱，只要不离婚，这钱再多也有我的一份。况且还有娃娃呢。"

"你就听法官的了？"

"哪里，说到娃娃，我心一软，就被法官看出来了。他甩着手说,你放心,我去教育他,我去训他,让他回心转意。唉,事情就那么样子拖下来了。"

"你这一拖,"孙以达仰起脸来,长长地叹息一声,"我就惨了。"

"我晓得、我晓得,我没怪罪你啊。"这一回,轮到冯小檬反过来安慰孙以达了,她向他挨近过来,双手搂着他说,"时间拖得越长、越久,我猜得到,你终究是要成家的。省城里的漂亮姑娘那么多,你还能牵记着我?"

"一开始回来时,我想你的。"孙以达说的是实话,他和冯小檬的关系,仅仅一个想字,也是概括不了的。"时间久了,我也绝望了。"

冯小檬似安慰他一般吻了他一下说:"你结婚,我是想到了。可我没想到,你娶的会是这么个女人。"

"咋个了?"

"一个病壳壳,那么瘦。"

"她原先瘦是瘦，没病。"

"看得出，她的病不轻。"

"休息得好，小心护理。就不要紧。就是……"

"就是啥？"

"不能有夫妻间那种事。"

冯小檬的双眼惊愕地瞪大了："怪不得，你们至今没个娃娃。"

孙以达长叹一声："是啊。"

"以达，离开泗溪以后，我也好久好久没那种事了。"

孙以达向她点点头。

冯小檬哽咽着说："我们都是苦命人。"

孙以达不答话，只是抬起眼睛看她。她的双眼睁得大大的，凝神瞅着他。泪光在她的眼眶里闪烁。

"后来又咋个把婚离成了？"

"拖了几年，我总算明白了，他要的不是夫

111

妻名分,他是怕我离成婚,分去他的一半财产。"冯小檬不屑地努着嘴说,"我去问法官,是不是这么回事?法官默认了,我就说,只要离婚,财产我可以不要那么多,我凭我的劳动过日子,我要那么多钱干啥子。嘿,找准了脉络,婚就离成了。"

"你把财产放弃了?"

"得了几万块钱。说真的,我得的,也是帮他经营山塘养鱼应得的钱。我一心想的,是离开他,到省城来找你。"

孙以达遗憾地哀叹说:"阴差阳错,时间拖得太久了。"

"离成婚,我连泗溪娘家也没回,跟着镇街上在省城里打工的姑娘,一趟就跑来了!"

"来以后住哪里?"

"和打工的姑娘们在合租的房子里住下,就去保姆介绍所登记。哎呀,这一套那些姑娘们都熟悉。"

"你咋个没来找我？"

"咋没去，我去过你那个单位了。"

"我一点儿不晓得。"

"你是不会晓得，我一说我的兄弟托我给你捎一句话，那个在大门口碰到我的人就说，你在门房等一等，一会儿孙以达的妻子就下楼。我还等啥呀，我晓得你结婚了，我的巴望全落空了。"

孙以达说："你应该先打一个电话。"

"打电话有啥子用？"

"至少可以先见个面。"

"那一阵，我脑壳里全乱了。"

"不怪你。"

"也真叫我们有缘，保姆介绍所，偏偏就把我介绍进了你家。童玢玢还一眼就把我相中了。"

孙以达也不得不承认："我们真像命中注定的。"

"你实话告诉我。"冯小檬双手扳着孙以达的肩，眨巴着一双眼睛，一字一顿地道，"你到泗溪以前，和她好上没得？"

"没得，"孙以达正色道，"和她完全是从泗溪回省城以后几年的事。"

"那么好，"冯小檬破涕笑了，"我和你是在前头，她是在后头。"说完，她给了他一个深情的吻。

孙以达回吻着她，她的双唇还是那么柔软，她的体态温婉妩媚，她的乳房圆润而又结实，她的整个身子充满了弹性。比起几年前来，她似乎是更丰腴了一些。孙以达很快地就激动起来，冯小檬的身子是他曾经熟悉的却又是陌生的，是他多少次在梦境中渴望和思念的。他的手脚有些慌乱，他的呼吸一阵阵地局促不安，他又听到了抚摸她时的回应他一般的哼哼，那是在呼应和释放她潜伏已久的感情。他不也一样么，青春勃勃的欲望，他已经无奈地压抑了这么久、这么久。他忍耐不住了,他迫不及待了。他脱去自己的外衣,他又伸手去解她的扣子。她的手紧紧地抓住他,嗓音发颤地问:"在家里,可以么?"

他只是点头,不说话。

她又问:"童玢玢会突然回来吗?"

"不会。"他赌气般回答。

她张开双臂抱住他,哭泣般说:"我怕。"

他正在不知所措,电话铃响了。

两个人都像遭什么打了一下似的僵住了。他先回过头去,瞅着客厅里的电话,电话又响了一下,她轻轻地逮一逮他,问:"咋个办?"

他头脑里一下清醒了,推了一下她的肩:"你去接。"

"我去么?"她征询地望着他。好像是问,我接了怎么说。

他点头。

电话持续不断地响着,冯小檬走过去,操起

电话,喂了一声。

　　他蹑手蹑脚跟进客厅,站在她身后倾听着。

　　"是、是我,玢玢……没、没得,他没得回家来……好、好的,我煮好晚饭等你们。你……你要得好么,嗯,要得,再见。"她挂断了电话,转脸望着孙以达,浑身骨头架子就像散了般倒在他怀里。

　　他几乎是抱着她回进小屋去。

　　她挣脱他的拥抱,走近窗边,放下了窗帘。小屋里顿时变得一片晦暗,光线也柔和多了。她又转过身来走到门口,关上小屋的门。边关边说:"是她打来的,问你呢。"

　　"她一定给编辑部打过电话,没找到我,才打回来的。"孙以达讷讷地说。"她仍在梦溪湖吗?"

　　"在那里,电话里还传来她们玩得好欢的声气。"她关上了门,扑进他的怀里。

　　突如其来的电话反而给了他们安全感。

门窗一关,这间小屋里突然之间就有了泗溪她娘家厢房小楼上的气氛。他们情不自禁地倒在床上,像两簇火焰燃烧在一起般钻进了被窝。

哦,干裂的土地急需清水的滋润和灌溉。他们的欲望是那样贪婪,他们的欢乐魂销其间般的彻底和迷醉。

一边像收割以后被秋风秋雨横扫过的山野,土地的肥气已经流失,一眼望去满坡满岭尽是残根和枯叶,一股萧瑟凄凉的景象。

一边是丰收在望的土地,茂盛的绿叶在阳光下泛着光泽,累累硕果挂满枝头,向日葵的金黄带着喜气,充满了生气勃勃的景象。

不知为什么,孙以达一想到和这两个女人的关系,脑海里就会展现出这样两幅截然不同的画面。

"要不,我搬出去住吧。"那一天完事以后,冯小檬不安地提出了自己的想法。

"为啥子?"

"童玢玢要看出来的。"

"她咋个看得出来,你来这屋头好久了,她也没看出来。"

"原先我们没在一起,现在我们又在一起了。女人的心都特别细。"

"搬出去,你咋个办?"

"我租一处小房子,给人家做钟点工。你、你得空也可以来。"

"过几天再说吧。"想到好不容易出现在他生活中的冯小檬又要离他而去,孙以达舍不得。

"时间一长,童玢玢终归要看出来的。再说,"冯小檬舔了舔嘴唇说,"住在一个屋檐下,天天夜间,你同她睡一张床,我在隔壁,也不是个滋味。"

孙以达无言以答。她说的是实情,好些天来,虽说和童玢玢睡在一张床上,但是孙以达总会强烈地感觉到,冯小檬就在隔壁。憋了半天,他才说出一句："不是跟你说了嘛，我们没那种事。"

冯小檬嘴巴张了张，没有再说出话来。

有过这一次，平时极力潜伏和压抑着的欲望以一股猛烈的势头燃烧了起来。有了心，即使童玢玢天天在家里，不再一整天地出去参加活动，他们也总能逮着机会。

每月一次，童玢玢要去医院检查。

很偶然地，童玢玢兴致极高地要去看电影。

随着自我感觉身体越来越好，童玢玢又去参加了每周一次的电脑培训班，她希望康复到能上整天班的时候，把市文联所有的电脑业务都承担下来。

眼见孙以达偷偷摸摸地跑回家来的次数逐渐增多，冯小檬内心深处的不安也愈加强烈。

终于有一次，在孙以达匆匆忙忙地又要离去时，冯小檬一把拉住了他："以达，这样做贼一样的日子,我再过不下去了。"

"我会留神的。"

"留神有啥子用,总是悬着颗心。"

"那你……要我离婚吗?"孙以达无奈地问。

冯小檬在点头,眼睛里却是一片茫然:"你提出离婚,她……她那病受得了吗?"

"我不晓得,"孙以达烦躁地摇晃着脑壳,"我担心的也是这个。"

"要不,我离去。"

"不,不!"

孙以达心里知道,一旦让童玢玢晓得了他和冯小檬的关系,那就比主动向她提出离婚,更会引发她的心脏病。可他也不愿意冯小檬离去,他觉得自己比在泗溪时还要爱她。

愈是怕发生的事情,来得愈是快。

又入夏了,天气热,却还没到热得不能忍受的高温季节。晚上睡觉不关窗户,有习习凉风吹进来,还是能睡着。

孙以达起夜上卫生间,熄灯走出卫生间的时候,他看到冯小檬睡的小屋敞着门,亮着灯光,穿一件无袖无领布衫的冯小檬坐在床沿上,胸脯的乳房挺挺地鼓起来,两条丰腴的手臂泛着雪白的光泽,她脸朝着门,充满期盼地大睁双眼望着他。

孙以达的头皮一阵一阵发麻,他仿佛嗅到了冯小檬身上那股诱人灵魂的气息,自从入夏以来,他和小檬已经久没在一起了,他何曾不渴念她呢。离床走出卧室时,童玢玢熟睡着,他是晓得的。

可走进冯小檬的屋里去,真正是色胆包天,太危险了呀。

明知道危险,他的双脚,还是不由自主地朝小屋的门口走去。

小屋里的灯光熄灭了,孙以达和冯小檬疯狂地拥抱在一起。他们狂放得不顾一切,心咚咚地跳着,脸上泛着潮红,拼命地压抑着情不自禁的喘息和呻吟,仿佛愈是在极度的危险和恐怖中,愈能感受到升上天堂一般的眩晕和刺激,爱的恶魔伸长着猩红的舌条,似乎把人世间的一切都吞噬了……

不知什么时候,冯小檬惊慌地坐了起来,浑身寒颤似的抖动着。孙以达刚要询问是怎么回事,一转脸,他骇然发现客厅里的灯亮了,顿时,他的头发一根根全竖了起来。

没等他溜下床,童玢玢狂怒的痉挛的嗓音锐声传了进来:"出来吧,你们双双一齐出来。我不会闯进去,不想看见你们的丑态,不想!"

最后那两个字,她是用撕咬般仇恨的声音迸发出来的。

尾　　声

孙以达把这一切跟我讲完的时候,我久久地沉默着。

浦江游轮正在返航,在这一回归的角度,恰好能完整地看到浦西老外滩和浦东新外滩的景观,这是难得一见的辉煌灿烂的夜景。我指点着波光粼粼的江面,对孙以达说:"看,生活有多美!"

像在印证我的话,从游轮甲板上,传来游客们争相拍照的不绝于耳的欢声笑语。

孙以达勉强地笑了一下,其实他只是扯了扯嘴角。他仍被感情的烦恼纠缠着,不知如何是好。

游轮在靠码头的时候,他又补充告诉我,冯小檬是搬出去住了,但她仍在省城。像她说过的,租了一间小屋,在打工。不过这次不是做保姆,而是给人家看铺子。很意外地,遇到这种外人感到撕心裂肺的事,童玢玢的心脏病却没有犯,相反她的病情好转了,已开始在上整天的班。

我不想给孙以达开药方,我也无法给他什么忠告,据说,婚外的恋情有几种模式,什么"金屋藏娇"型,什么"两不相扰"型,什么"和平共处"型,什么"互不相知"型,什么"工作需要秘书"型……在他给我讲到快结束的时候,我极力在自己的记忆中搜寻孙以达感情上的遭遇,该属于什么性质?但我一时真不知如何给他归纳。哦,爱情常常被讴歌成无限美好的。可在有时候,爱情本身就是磨难,甚而至于,爱情会像恶魔般的伤害人。

可我不能老是保持沉默,总得说些什么呀。

在码头上分手的时候,我拍着他的肩膀问:"今晚的游程怎么样?"

他抬起头来,再一次眺望了一下浦江两岸诗情画意的迷人的夜景,淡淡地说:"很美,谢谢你的招待。"

"再美的旅程,拐过一个弯来,也要结束。"我对他说,"你的事儿也一样,终归会有个结局。"

孙以达困惑地眨着眼睛,向我点头。

望着他离我远去的背影,不知他是不是听懂了我的话。